JN058387

「中断してヒーリングをかけてやってください。
これ以上続けても意味がありません」
「ほう、生意気をぬかしますねえ」

「どうですかね？」
「ええ……素晴らしい
素材だわ」
ハスキーな声でそう答えたのは、
ローブを被った褐色の女であった。

リックが胸に突き立てられた
ランスを片手で掴む。
ランスは確かにリックの
左胸を捉えていた。
しかし、リックの皮膚から
先に全くランスの先端が
進まないのである。

「えっ？」

リック達の方を見て、
シルエットの動きが固まった。

湯煙が徐々に薄くなる。

確かにそこにいたのはアルクだった。

新米オッサン冒険者、最強パーティに死ぬほど鍛えられて無敵になる。

5

岸馬きらく

口絵・本文イラスト　Ｔｅａ

新米オッサン冒険者、最強パーティに死ぬほど鍛えられて無敵になる。⑤

Orichalcum fist

前回までのあらすじ

二つ目の『六宝玉』が示した先は、王国の警察、警備、軍事を司る騎士団の新人養成施設『騎士団学校編』であった。リックたちは騎士団の新入団員になりすまして潜入し、『六宝玉』の在り処を探ることにしたのである。

第一話　入学初日

さて。

ミーア嬢はキッチリと仕事をしてくれたらしく、三日後にはリックたちのもとに入団内定書が届いた。

そんなこんなで騎士団学校に潜入することになったリックであったが。

「しっかし、この歳で騎士団に入団するとは思わなかったなあ」

騎士団の入団試験が行われる会場に向かう馬車の中で、リックは一人そう呟いた。

騎士団の平均入団年齢は十代中頃である。冒険者と同じく魔力を戦闘に使う職業であるため、魔力が育ちやすいうちに育てなくてはならないからだ。それでも、前職で魔力を使う仕事をしていた人間もいるため、一般入団試験の年齢制限は三十二歳ということになっている。リックは現在三十二歳。同期の中では最年長ということになるだろう。

ちなみに馬車には他のパーティメンバーはいない。リックとは別のルートで潜入することになっている。

リックは改めて今回の潜入の目的を確認する。

（目的は騎士団学校のどこかにあるはずの『六宝玉』の情報を集めること。コソコソいろんなところを調べても気にされないように、学校生活ではなるべく目立たないようにしなくちゃなあ）

なにせ、この二年でリックの強さは、自分で言うのも何だが常識はずれになっているのだ。

リックは馬車の中に落ちていた石を拾い上げる。

「よっと」

バキバキバキ。

サラー。

手の中に握り込んだ石が砂と化して、床に落ちる。

馬車に乗った他の乗客たちはぎょっとしてリックから遠ざかった。

「……がんばって目立たないようにしないとなあ」

リックは一人そう呟いた。

□□□

東方騎士団学校は周囲を川と城壁に囲まれた広い平野に置かれている。

大小六つある建物のうち一番大きな建物が、新規入団生の宿舎であった。

リックがこれから寝泊まりすることになる５０４号室に足を踏み入れたとき、まだ他には誰もいなかった。一番乗りである。

「まあ、けっこう早く着いちゃったからなあ」

ベッドが四つあるので四人部屋ということだろう。

「とりあえず移動に便利な下段のベッドは他の人に譲るか」

こういうちょっとしたことで他人に気遣いができるかどうかが、歳の離れた同僚と上手くやっていくコツである。年長者だからといって、いや、ともすれば年下は肩肘を張ってしまう年長者だからこそ優しい人であると思ってもらうことが大事なのだ。

リックがベッドの上段に上り荷物を整理していると、部屋の扉が開いて一人の少年が入ってくる。同部屋の人間だろう。

メガネをかけた前髪の長い少年だった。少年はリックの方を一瞥するとすぐに顔を背けた。

そして、リックの下の段のベッドに自分の荷物を置くとバッグの中から本を取りだし、黙々（もくもく）と読書を始めてしまう。

「……」

「……」

部屋を支配する沈黙（ちんもく）。

（えー。おいおい、挨拶（あいさつ）とかあるだろ。最近の若者は積極的に他人と関（かか）わろうとしないって聞くけど、マジなのか？　でも、受付の時のアリサとかは初日からスゲー楽しそうに絡（から）んできてくれたけどなあ。おかげで勘違（かんちが）いしかけたけど……）

アリサの奴（やつ）は今でもシャンクアット支部の受付カウンターの向こうから、玉砕（ぎょくさい）する男たちを量産してるのだろうか。

まあ、そんなことはさておき。さすがにこのままでは気まずいので、リックの方から話しかけてみることにした。年上こそ気遣いが大事なのだ（二回目）。

「あー、初めまして」

ビクリとする少年。

「え、あ、はい」

本から顔を上げてオドオドと返事をした。

「俺（おれ）はリック・グラディアートル。入団研修の半年間だけだけどよろしくな」

「は、初めましてヘンリー・フォルストフィアです。よろしくお願いします」

律儀に頭を下げてそう言ってくるヘンリー。どうやら人見知りなだけで他人を拒絶するようなタイプではないようだ。

「本好きなの？　騎士団学校の寮にまで持ってくるくらいだし」

「ええ、まあ」

「何読んでるんだ？」

「あ、いや、それは」

ヘンリーは恥ずかしそうに読んでいた本を隠そうとしたが、その見慣れた表紙を見たときリックは思わず声を上げてしまった。

「あ、『英雄ヤマトの伝説』!!　俺もそれ大好きなんだよ。何で恥ずかしそうに隠そうとなんかするのさ」

「え、いや、だって僕みたいな人間がこんな雄々しい英雄の話読んでるなんて、そのちょっと変かなって……」

消え入りそうな声でそう言うヘンリー。しかし、リックはビュンビュンと風切り音がなりそうな勢いで首を振る。

「なーに言ってるのさ。『英雄ヤマトの伝説』は誰がいつどんなときに読んだっていいに決まってるだろ!!」

「え、はあ」

　急にテンションの上がりだしたリックに、若干引き気味のヘンリーである。

「なあなあ、ヘンリー君はどの章が一番好きなんだ？　俺は一章の聖剣を引き抜いて初めてモンスターと戦うところな」

「あ、ああ、あそこですか。いいですよね。村に凶悪なモンスターが現れて、皆が絶望してるところに誰も触れようともしなかった選定の聖剣に躊躇無く手をかけるヤマト」

「そうそう!!　近所の空き地とかにさー、誰かの悪戯で木の枝とか埋めてあって、それを引き抜いてヤマトの台詞言ったりしてたわー」

「あー、兄たちがやってましたよそれ。ちなみに、僕が一番好きなのは四章ですかね」

「アイシス姫を魔族から奪還するところな！」

「そうですそうです!!　自分にかけられた呪いに巻き込みたくなくて他人を拒絶していたアイシス姫が『なんで私を助けようとするの？』って言ったときの台詞がかっこいいんですよ」

「あー、分かる。あの台詞な」

「はい、あの台詞です」

「「うるせえ、なんか一目惚れしたんだよ!!」」

二人の声は自然と重なった。

「かっこいいよなー。一回言ってみたいヤマトの台詞ベストスリーに入るわー」

「あ、残り二つは何ですか？　気になります」

リックも、来たときは俯いて黙っていたヘンリーもすっかりテンションが上がってしまったようである。どうやらこの少年とは仲良くやっていけそうである。

この後、二人の『英雄ヤマトの伝説』談議はしばらく続くことになった。

□□□

ひとしきり話をした後、すっかりヘンリーと打ち解けたリックはふと気になったことを聞いてみた。

「それにしても、ちょっと失礼かもしれないけどあんまり騎士になろうって人間に見えないなヘンリー君は」

上背もそれほど無く細身で、気弱そうなヘンリーと騎士団というイメージがどうにも結びつかないリックである。

「呼び捨てでいいですよ。実は僕も入団したくてしたわけではないんですよ」

ヘンリーは身の上話を始めた。

ヘンリーの家、フォルストフィア家は西方の名家であり、ヘンリーはその三人目の子として生まれた。ヘンリーの父は貴族でありながら元高ランク冒険者であり、その妻も冒険者時代に知り合った豪放磊落な女性であった。

長男と長女も両親の気質をしっかりと受け継ぎ、豪快で活動的な性格だったのだが、末っ子であるヘンリーだけはどういうわけか幼い頃から内向的な性格をしていた。長男と長女が城の外を平民たちと一緒に遊び回っているのとは対照的に、ヘンリーは一日中書庫に籠もって本を読んでいるような子であった。

別に勉強熱心なのは大いに結構なのだが、新しく入った使用人のおばちゃんにすらビクビクするようではさすがにまずいだろうと両親は判断したようである。

ある日、ヘンリーは両親から騎士団学校の入学試験を受けろと言われた。厳しい環境で根性を叩き直してこいということだろう。自分みたいなもやしっ子が受かるわけがない、体力試験で落とされるだろうと嫌々ながら試験を受けたヘンリーだったが何の因果か合格してしまった。

理由は簡単で筆記試験の出来が恐ろしく良かったのである。引きこもって読書と勉強ばかりしていた十六年間は伊達ではなかったらしい。

もちろん、合格しておいて行かないという選択肢が両親に通じるはずもなく、こうして騎士団学校に放り込まれ寮でリックと話しているわけである。

「ヘンリーも大変だなあ」

「そういう、リックさんこそ。あんまり、騎士団っぽくないですよ。その歳から騎士になるくらいですから、変わった人なのかと思ったら普通というか文民っぽいというか。役所とかで事務仕事してる感じがします」

「まあ、俺も入りたくて入ったわけじゃないからなあ」

ヘンリーの言葉に若干安心するリック。あまり学校では目立ちたくないので、普通っぽいと感じてもらえることはありがたかった。

「お互いとんでもないところに入ることになっちゃいましたね。よりにもよって、この『東方騎士団学校』ですし」

「え、なんか有名なの？」

「知らなかったんですか？　東方騎士団学校と言えばスパルタって言葉が生ぬるいくらいの過酷な訓練で通称『世界一厳しい学校』と言われてるところですよ」

「……過酷な訓練」

リックの脳裏に二年間の修行がフラッシュバックした。

パタン。

「……どうしたんですか急にベッドに倒れ込んで」

「コワイ、キビシイ、カコク、コワイ」

「いや、意味分からないです」

知らない方がいいこともこの世にはある。

その時、ガラガラと部屋の扉が開いた。

どうやら三人目の部屋員の登場のようである。

「おうおう、ここが俺様の過ごす部屋か？　狭いがまあ仕方ねえな」

ガラガラと乱暴に開け放たれた扉から入ってきたのは、ごつい体格をした少年だった。

（うわ、デカいな１９０㎝くらいあるぞ）

まあ、何はともあれ挨拶である。

「リック・グラディアートルだ。よろし――」

「俺様はドルムント男爵家の次男、ガイル・ドルムントだ‼　よろしくなあ、オッサン

!!」

リックの言葉を遮るようにして、ごつい体格をした少年は自らのことを指さしながらそう言った。

いきなりオッサン呼ばわりである……まあ、十代の彼らから見れば十分にオッサンで間違いないのだが。

しかしまあ、ちょっと自己主張の強すぎるところがあるが元気があって何よりだ。こういうサバサバした性格の方が、ヘンリーのように内気すぎるよりは面倒がなくて付き合いやすかったり

「喜べ。同部屋のよしみで今日からお前らを俺様の舎弟にしてやる」

どうやら、めんどくさいタイプのお人のようだった。

なんとなくだが、例のキタノと同じ匂いがする（ウ〇コくさいという意味ではない）。

「ん？」

ふと、リックはあることに気づきヘンリーの方を見る。

ブルブルブルブルブルブル。

まるで、気合いを入れて叩いたトライアングルのように凄まじい勢いでヘンリーが震えていた。

「お、おい。どうしたんだよヘンリー」

「す、すすすす、すいません。じ、実は僕こう見えて臆病(おくびょう)で人見知りでして」

知っている。見たまんまである。

「じょ、女性と、あと身長175cm以上の男を目の前にすると、どどどどどうしても震えてしまって」

「だいぶ致命的(ちめいてき)だな、おい！」

いったい騎士団学校でこれからどうやってやっていくつもりなのだろうか。

そんなヘンリーにガイルがズンズンと迫(せま)ってきた。

「な、なんでしょうか」

「おう、もやしメガネ。そっちのベッドの方が日当たりが良さそうだな。男爵家の俺様に譲れ」

「ど、どうぞー」

そう言って、そそくさと隣(となり)のベッドに移動するヘンリー。

リックは小さい声で尋(たず)ねる。

（おいおい、ヘンリーいいのかそれで）

（だって、怖(こわ)いですし……）

まあ本人がいいというならそれでもいいか。この程度で、無駄な争いが避けられるのならそれはそれで悪くは無いのだろうし……

その時。

ガラガラ。

と、再び部屋の扉が開いた。

ガイルがベッドにドカリと座りながら言う。

「おうおう、最後の部屋員か？　どれどれいったいどんな奴なん」

そして、入ってきた四人目の部屋員の姿を見たとき、一瞬全員が自分の目を疑った。

「お、女？」

リックは思わずそう呟いた。

キリッとしたまつげの長い目元、スッと通った鼻筋、サラサラの黒髪、一目では美少女にしか見えない人間だった。ヘンリーに至っては目を丸くして固まってしまっている。先ほど女性も苦手と言っていたが、そのせいだろう。

もちろん四人目の彼が女であるはずはない。リックが入ったのは一般入団三類という括りで男性団員のみの募集なのである。女性団員は半年後に一般入団四類という募集で入ってくることになっている。だから、今ここに入ってくるのは絶対に男なのだ。

「アルク・リグレットだ。慣れ合うつもりはない。アナタたちも無理に私と関わろうとしなくてもいい」

美少女みたいな少年、アルクはそれだけ言うと、さっさと自分の荷物を上段のベッドの上に置いて整理を始めた。

どうにもこの子も一癖ありそうだなあと、ため息をつくリック。

「ククク、ハッハッハッ!!」

突然、ガイルが手を叩いて大笑いした。

「なんだなんだこの部屋は。冴えないオッサンにもやしメガネに女男かよ。俺様以外ロクな奴がいないなあ」

そして、アルクの方を向くと。

「おい、女男。俺様がこの部屋のリーダー、ドルムント男爵家次男ガイル・ドルムントだ。正直弱っちそうで使える気がしないが、お前もちゃんと俺様の舎弟にしてやるから安心しな」

いつの間にかリーダーになっていたらしいガイルがそう言った。

しかし、アルクはガイルの方を一瞥もせず淡々と荷物の整理を続ける。

(あ、やばい。ほっといたら絶対衝突するタイプだわこの二人。仕方ない。時間はかかる

かもしれないが、ここは年長者として二人が仲良くなれるように導いていこう）

あまりもめ事を起こす部屋の住人とか思われると教官たちからマークされる可能性も高い。『六宝玉』の捜索のためにもそれだけは勘弁願いたかった。

「……おい、お前人の話聞いてんのか？」

ガイルはそう言ってアルクの肩を叩いた。

アルクは心底迷惑そうに眉をひそめて振り向く。

「……分からないな」

「あ？」

「自分より遥かに劣った人間の下につく理由が分からないと言ったんだ」

「んだとテメエ。俺様がお前より下だとお？」

ガイルが声を震わせてそう言った。

「客観的事実だ」

アルクは特に怯える様子もなく澄ました顔でそう答えた。

「てめえ、どこの家のモンだ？」

「どこの家か。それはもちろんさっき言った通り、リグレットという家に生まれたが。まあ、階級という意味で言えば平民だな」

「だったら、口の利き方に気をつけろ。俺様はドルムント男爵家の次男ガイル・ドルムント様だぜ?」

「知ったことではない。私が国民学校で学んだ貴族というのはノブレス・オブリージュという精神に基づき、国のため民草のために尽力する人間のことだった。でかい声を出すことが貴族の条件だったとは初耳だ。恐れ入った」

ビキリとガイルの額に青筋が浮かび上がる。

「やんのかてめぇ」

指をボキボキと鳴らすガイル。

「返り討ちに遭いたいというなら、止めはしないが」

アルクは荷物から短剣を取り出すと腰に下げる。

そして、頭一つ分以上体の大きいガイルの正面に堂々と立った。

ヘンリーが顔を青くしながらリックに向かって言う。

「ヤバいですよリックさん。たった数十秒でバッチリ温まっちゃいましたよ、この二人」

「ああ、優秀すぎる暖房器具だな……導く間もなかったよちくしょー」

互いににらみ合うガイルとアルク。

「……」

「……」

ふた呼吸ほどの静寂が過ぎた直後だった。

両者が同時に動いた。

「しゃらあ!!」

ガイルは右の拳を突き出し。

「しっ!!」

アルクは腰に差していた短剣を抜き放つ。

しかし、両者の一撃が互いに届くことはなかった。


「まあまあ、とりあえず落ち着きましょうって」


いつの間にか二人の間に入ってきたリックが、二人の肩を押さえたのである。

ヘンリーは驚いて自分の隣を見る。

(え?　ついさっきまでリックさんは僕の隣に居たはずじゃ……)

「ちっ、邪魔すんな。放せよオッサ……!?」

リックの手を振り払おうとしたガイルはあることに気付く。

（う、動かねえ。どうなってんだこの手は‼）

ガイルは見た目の通り自分の『体力』に自信があった。幼い頃から人並み外れた巨体と剛力で周囲の人間を何度も驚かせてきたのである。入団試験の体力テストでも自分のいた会場の中では飛びぬけた成績を収めていた。そんな自分が全身の力を使って本気でどかそうとしているのに、この冴えないオッサンの手はまるで地面深くに埋め込まれた柱に固定されているかのように微動だにしないのである。

ガイルだけではなかった。

アルクも信じられないといった様子で、自分の肩を押さえたリックの手を見る。

（体内で練っていた魔力が、一瞬で打ち消された……？）

アルクは自分よりも遥かに体格のいいガイルと打ち合うにあたり、自らの体に魔力を流し一時的に身体能力を向上させる、いわゆる身体強化を使っていた。

しかし、リックの手が触れた瞬間。自分の体を駆け巡っていた魔力がリックの手から流れ込んだ魔力によって一瞬で打ち消されたのである。

リックのやったことの原理は非常に単純である。『魔力相殺』と呼ばれる相手の魔力に対して反対側の質を持つ魔力をぶつけて打ち消してしまうというもので、魔力を使う仕事についている者なら誰でも知っている常識的な技術だ。

しかしである。それを初対面の相手に対して一瞬でやってのけるのはありえないことだと言わざるを得なかった。一言で反対側の質を持つと言っても、魔力の性質というのは個人差があり使う用途や練り方によっても変わってくる。それを一瞬で見極め、正確に反対側の質を持つ魔力を生成したうえで、相手の体に魔力を流し込むというのだから、完全に神業の領域である。

「……」

「……」

「……」

「ど、どうしたんだ三人とも。人を珍獣か何か見るような目で見て」

同部屋の三人から一斉に「お前は何者なんだ」と言わんばかりの目を向けられ焦るリック。

『新入生諸君。これより入学式を行う。十分以内に講堂に集合せよ。繰り返す。これから入学式を行う。新入生諸君は十分以内に講堂に……』

ちょうどその時、各部屋に取り付けられた魔力共振装置からアナウンスが流れた。

部屋の全員がそそくさと準備を始める。

騎士団学校において時間は厳守。破った者には厳しいお説教と罰が待っている。入団初

日のリックたちにもそれくらいのことは分かっていた。

□□□

入学式は教官と新入生を集めて、講堂で行われた。

『それでは、皆様ご着席ください』

声を拡張させる魔法道具から進行をつとめる教官の声が流れる。

その声と共に、大人数がガタガタと一斉にイスに座る。

「やっぱり、これだけの人数が一斉に動くとすごい音になるなあ」

リックは小さい声で一人そうつぶやきながら、集まった同期の新入生を眺める。

（新入生はだいたい五百人くらいか。だけど、彼らは『六宝玉』とは関係ないだろうな）

なにせ、ミゼットの魔法がこの学校を示したのは、一週間前のことである。その時に今ここに集まっている新入生たちはいなかったのだ。

『えーでは、これより、新入生の皆さんのそれぞれのクラスを担当する教官たちを紹介します』

『六宝玉』に関わりがあるとすれば、必然的に一週間以上前からいた者たち。つまり、今から紹介される教官たちということになる。

ちなみにリックはＡクラスであり、最初に紹介されるのが担当教官だった。

（いったいどんな人が担当なんだろ。つーか神様お願いします……穏やかな人でお願いします……そうでなくてもあまり厳しくない人でお願いします……）

かつて、教会の壁に立ちションをかましたことはすっかり頭の片隅に追いやり、両手をあわせて神に祈りを捧げるリック。スパルタはこの二年間ですでにお腹一杯なのである。

『Ａクラス担当、ペディック・ローライト教官』

「いいかあ!!　よく聞けえ、ウジ虫ども!!　オレが貴様らを腐れたフニャ〇ン野郎から、一端の騎士に改造してやる任を預かった、ペディック・ローライト二等騎士だっっっ!!!!」

（ちくしょー、もう神なんて信じねえぞおおおおおお!!!!）

壇上に現れたいかにもなガタイのいい髭面強面の男を見て、リックはガックリと肩を落とした。

新入生の間からヒソヒソと声が聞こえる。

――あー、まじかよ。

――半年間終わったわ。

――Ａクラスの奴らも災難だな。

——ああ、よりによって一番理不尽で厳しいことで有名なペディック教官に当たっちまうなんて。

——聞いた話じゃ、去年クラスの半分がスパルタすぎる訓練についていけずに辞めたらしいぞ。

（なにそれ怖い。はあ。もしかしたら、『六宝玉』を探すどころではなくなるかもなあ）

全クラスの担当教官の紹介が終わると、続けて司会者が言う。

『えー、続いては本年度の首席合格者に挨拶をしてもらいましょう。新入生代表、アルク・リグレット君』

「はい」

リックの二つ隣の席で立ち上がるアルク。一見美少女に見えるその容姿に会場が僅かにざわつく。

（へえ。アルク君首席だったのか）

確かに先ほど『魔力相殺』を行ったときに感じ取った魔力の質はなかなかのものだった。頭も良さそうだし、なるほどおかしな話ではない。

リックは左隣に座るヘンリーに話しかける。

「同部屋に首席がいるなんて驚いたなヘンリー」

「……」

「ん？　どうした？」

「え？　い、いや、なんでもないです」

ヘンリーはなにやら、壇上に上るアルクの方を見てぼーっとしていたようだが、何か気になることでもあったのだろうか？

その時。

「……っち」

リックの右隣から大きな舌打ちが聞こえてきた。

舌打ちの主はガイルである。

先ほど喧嘩したばかりの相手が、壇上に上がって称賛を受けているのはおもしろくないに違いない。

「できれば同部屋同士仲良くしたいんだけどなあ」

リックは誰にも聞こえないように小さくそう呟いた。

□□□

気に入らねえな。

ガイル・ドルムントは騎士団学校に着いてからこれまでのことを思いだし、内心毒づいた。

自分は強い男である。それがガイル自身の自己認識であった。

その認識はある意味間違っていないといえる。十五歳にして190cmを超える恵まれた体躯、そしてそこから生み出される剛力は自らの父親が治めるドルムント領で広く知られるほどのものであった。

領主の息子であることによる権力と物理的な腕力。まさに敵なしである。小さい頃から暇を見つけては市井に顔を出し、町中の悪ガキたちを自慢の腕っ節で締めて回り、舎弟の数は五十人以上にのぼる。

自分は一番上に立つ人間だ。そう思うのは無理もないことである。

そして、ガイルは騎士団学校でも同じように振る舞うつもりだった。さすがに教官たちには従わざるを得ないが、同期の連中は残らず自分の下につけて、一番上から愉快に学校生活を過ごしてやると。

だが。

手始めに舎弟にしてやろうと思った同部屋の連中がどうにも、自分の思うとおりにはいかない連中だったのである。

「えー、では、皆さん一列に並んでくださーい」

白衣を着た若い女がガイルの所属するＡクラスの生徒に指示を出す。彼女は学校に常駐して生徒たちの健康を管理する校内医師である。

入学式を終えたガイルたちは、健康診断を受けることになった。今から行うのはその一環で、魔力測定と呼ばれるものである。

やり方は簡単で、テーブルの上に置かれた特殊な水晶に手をかざして魔力を込めるというものだ。

魔力の量が多ければ多いほど水晶は強く輝く。

「では次、ガイル・ドルムント君」

ガイルは水晶に手をかざすと魔力を送り込む。

「ふん」

水晶の光は小さいロウソク程度だった。これは別にガイルの魔力的な資質が低いというわけではない。ガイルの前に測定をした他のＡクラスの連中も似たようなものだった。なぜなら、まだガイルたちは正式に魔力量を上げる訓練を積んだわけではないからである。

まあ、気にするほどのことはない。二十代前半までなら訓練しだいで魔力量はいくらでも伸(の)ばせる。何より自分には人並みはずれた体力があるのだ。

「はい、結構です。次、アルク・リグレット君」

「はい。よろしくお願いいたします」

律儀に一礼をしてから、水晶の前に歩いていくアルク。

「……っち」

現在、ガイルの気に入らないやつナンバーワンの女男である。

部屋でのやりとりと、その時に自分に向けられたアルクの目を思い出す。

あれは完全に自分を見下している目だった。ふざけやがって、しかもそんなやつが首席合格ときている。全く以(も)って気にくわない。

アルクが水晶に手をかざす。

次の瞬間。

水晶が強く発光した。

その光の強さは、ガイルたちが小さなロウソクの火だとするなら、大規模な祭りで使う祭壇(さいだん)の火。乾(かわ)いた木を幾重(いくえ)にも積み上げて作ったところに油を染み込ませ、神々まで届けと勢いよく燃え上がらせる巨大(きょだい)な火柱である。

もし今が日の落ちた時間なら、辺り一帯を真昼のごとく照らしていたことだろう。

「こ、これは素晴らしい魔力量ですね……入学時にここまでの光を出した人は初めてですよ」

感嘆の声を上げる女医に一礼して、水晶の前を空けるアルク。

一つ一つの動作がキビキビとしており、いかにも優等生といった感じである。

周りの同期生からも「さすがは首席合格生、ものが違うなあ」などという声が聞こえてくる。

ちっ、気に入らねえ。

ガイルは再び小さくそう呟いた。

「次、ヘンリー・フォルストフィア君」

「あっ、は、はははははい」

そう言ってオドオドと水晶の前に歩いていく、気弱そうな少年。

ルームメイトの中で、ヘンリーはガイルにとって一番御しやすい性格をしていた。

この手のヘタレは軽く脅せば、簡単に従わせることができる。

しかし、である。

問題は彼の名前にあった。

(最初は気づかなかったけどヘンリー・フォルストフィアって、あのフォルストフィア侯爵家以外ありえねえじゃねえか!!）

　そう、この気弱そうな少年。男爵家の次男であるガイルよりも遥かに位が上の家の子息であった。というか、フォルストフィア家の元当主といえば、貴族の間では王の懐刀としてそこそこに名の知られたブラッド・フォルストフィアである。正直、本来、騎士団学校の一般入団で入ってくるような身分ではない。ヘンリーくらいの家柄の子息が騎士団に入るとすれば、翌週に入ってくる士官候補生として入学してくるのが普通である。

　つまり何が言いたいかと言えば、ガイルにとって非常にやりにくいということだった。下手に突っついて父親にでも出張られた日には大変まずいことになる。ドルムント領の傍若無人な番長ガイルも、それくらいの危機管理意識は持っているのである。

　そのヘンリーはおそるおそるといった様子で水晶に手をかざす。

「あ、これは」

　女医は感心したような声を上げる。

「ヘンリー君もなかなかの魔力量ですね。Ａクラスは有望な子が多いわね」

　女医の言うとおり、水晶はそこそこ強い光を放っていた。さすがにアルクほどではないが、暖炉の火くらいだろうか。何にせよガイルよりも魔力量が多いのは明らかだった。

「ど、どどどどどうも」

それでも、ヘンリーは誇らしげにすることもなく、ひたすらビクビクしながらそそくさと水晶の前から離れ、部屋の端で前髪で顔を隠して座り込む。そして「よ、よし、女性と二言話せた、今日は調子がいいぞ」などと呟いている。

「えーと、じゃあ次にリック・グラディアートル君」

ち、気に入らねえな。と、本日何度目かという呟きをするガイル。

「どーも、よろしくお願いします」

そう言ってヘコヘコと頭を下げて、水晶の前に立つのはガイルの同部屋の最後の一人である。

正直、ガイルにとってはこの男が一番不気味だった。

女医は診断書にあらかじめ記載されているリックのプロフィールを読んで驚く。

「あら、私より年上の方ですか。年齢制限は確かにギリギリ入ってますけど、実際に三十二歳で入ってくる人は初めて見ましたよ」

女医の反応もごもっともである。ガイルを含めてAクラスの人間は三十名。その中でも二十歳を超える人間はリックだけである。入学生が若い理由はいくつかあるが、やはり魔力を鍛えるのが若いうちにしかできないからというのが一番大きな理由だろう。

「あー、まあ、いろいろあって。この歳から転職しまして」

「そうですか。まあ、人生ホントにいろいろありますからね。あ、測定どうぞ。Ａクラスはリックさんで最後です」

リックがゆっくりと水晶に手を近づける。

ガイルはゴクリと唾を飲んだ。

一見単なる冴えないオッサンのリックだが、先ほど部屋で自分とアルクを止めた時の動きにはただならぬものを感じたのである。

おそらくは、前職は冒険者や魔導士といった戦いを生業とする仕事だったのではないだろうか？　となればガイルたちと違い、すでに魔力量を上げる訓練は修めていることになる。そんな人間が放つ水晶の光はいったいどれほどになるのだろうか。

リックが水晶に手をかざす。

そして。

「……なん……だと？」

ガイルは自分の目を疑った。

「しょぼすぎるだろ……俺たちと大差ねえぞ……」

リックが手をかざしている水晶の光はガイルたち一般的な新入生と同じロウソクの火程度であった。というか若干平均よりも小さい気がする。

これが、魔力量強化の訓練を終えた人間の魔力か？

「あ、ありがとうございましたー」

再びぺこぺこしながら水晶の前から引き上げるリック。

「おい、オッサン」

ガイルはリックをつかまえて質問をする。

「何だ今のは？　手を抜いたのか？」

「え？　いや、別にそんなことないけど」

「嘘つくんじゃねえ。今まで冒険者なり魔導士なりだったなら、あんなに魔力が少ないわけないだろ」

「あー、それなあ」

リックは恥ずかしそうに頭を掻きながら言う。

「俺、三十歳までギルドの受付だったからなあ。魔力量はどうしても少なくってね。これから伸びるガイル君たちが羨ましいわ」

「……」

唖然とするガイル。

バカバカしい。そう思った。

いったい何をビビっていたのか。目の前の男は魔力も鍛えていない本当にただの冴えないオッサンだったのだ。きっと部屋での動きも何かの見間違いだろう。

こいつは下に置いておけるやつだ。そう判断した。

「ふふふふふ」

ガイルは笑いながらリックの背中をドンと叩く。

「いでっ」

「はっはっはっ、まあ、無理だと思うが同部屋の人間として足は引っ張るなよオッサン。訓練中に本当にやばそうだったら俺様が手を貸してやるさ。なに、これも舎弟を持ったものの務めってやつだ」

「おお、そうか。ガイル君は体力もありそうだし。それは心強いな……って、まてまて舎弟になった覚えはないぞ」

「はっはっはっ、見てろよ。多少今の魔力では遅れちゃあいるが、訓練さえ始まれば体力のある俺様のモンだ。女男も、もやしメガネも誰が一番上か分からしてやるぜ!!」

リックの肩をバンバンと叩きながら豪快に笑い飛ばすガイル。

しかし、その時のガイルは気づかなかった。

「……」

女医がついさっきリックが魔力を測った水晶を見て、絶句していることに。

□□□

『東方騎士団学校』常駐医師を務めるジュリア・フェーベルトがこの勤務地を志望したのは、故人である弟の影響だった。

一日中庭を駆け回り傷だらけになっていた弟。将来はかっこいい騎士になるんだと、毎日剣を振っていた弟。

弟のように騎士を目指して頑張る子たちのために自分の医術を生かしたい。西方騎士団学校を卒業後に医療班として現場で二年間経験を積み、ようやく希望が通り騎士団学校への赴任が叶ったのである。

で、だ。

その赴任先がどうだったかと言えば。

「さて、今年の入団生についてですが」

丁寧な口調でそう言うのは騎士団学校学校長であり騎士団本部の本部長を務める、クライン・イグノーブルである。深く皺の刻まれた穏やかそうな笑みの老人だ。

場所は東方騎士団学校の会議室。

現在、今期の入団生A～Mクラスを担任することになった教官たち十三名やジュリアたち補助教官たちを始め、ほぼ全(すべ)ての職員が集まっていた。

各クラスの担任たちがクライン校長に答える。

「Bクラスは、例年よりも平均して魔力量が多かったですね」

「Gクラスもなかなか上々でした。すでに第三光級の魔力量を見せたものが六名ほど」

光級とは第六級から第一級まで分かれる魔力量の指標である。水晶石の光の強さによって判断されるためこのような名前がついている。

「Fクラスは魔力量では頭抜(ずぬ)けた素質を持つものはいませんでしたが、体の大きい学生が多いですな。体力の面で期待できるかと」

クライン校長はウンウンと頷(うなず)いて言う。

「どうやら、今年は有望な生徒が多いようでなによりです」

校長の言うとおり、実際に魔力測定をしたジュリアの目から見ても今年の新入生の平均的な魔力量や身体的な素質は高かった。いわゆる当たり年という奴だろう。

「アナタのところはどうです？　Aクラス担任のペディック・ローライト教官？」

クライン校長から名前を呼ばれたペディックはニヤリとしながら答える。

「一人素晴らしい素材がいますよ。Aクラスの二十八番の生徒の測定結果を見てください」

ペディックの言葉に教官たちは手元にある資料をめくる。

ジュリアも言われた番号の生徒の名前を確認して、やはりあの生徒かと呟く。

その魔力測定の結果を見て教官たちがざわつく。

「アルク・リグレット……こ、これは。入学時にして最高の第一光級を出したのか」

「すごいな。卒業と同時に中央の実戦部隊に引き抜かれないように注意しないとな」

「今期の首席はこの生徒で決まりか？」

「いや、この生徒は平民出身だ」

「ふむ。そうか、それはなんとも惜しいことだ」

「え、待ってください？」

ジュリアは声を上げる。どうにも引っかかることがあった。

Gクラス教官の一人が聞き返してくる。

「なんだね？　ジュリア女医」

「今、平民出身だと首席になれないというように聞こえたのですが？」

教官たちは怪訝な目をジュリアに向ける。

その目が言外に語っていた。何を当たり前のことを、と。

Ｄクラスの教官がまるで聞き分けのない子供をあやすような口調で言う。

「いやいや、別になれないとは。ただですね。入学時ならまだしも、伝統ある我らが東方騎士団学校で平民の人間が首席で卒業というのはどうにも……ねえ」

「そ、そんな」

――これだから『外様』はモノを知らない。

誰かのそう呟く声がした。

それにつられるようにクスクスとジュリアを見下しきった笑いが、教官たちの間から起こる。

ジュリアはやっぱりか、とため息をついた。

（……腐ってるわね。私の職場は）

東方騎士団には暗黙の了解として『伝統派』と『外様』と呼ばれる区別がある。

『伝統派』は東方騎士団学校の高級士官コースを卒業後、すぐに騎士団学校の教官として採用された人間のことを指す。本来は現場に数年勤めてから騎士団学校に配属されるのだが、上級貴族の子息に限り現場での勤務を免除される。自分の子供に現場で何か起きる可能性を良しとしない過保護な貴族が作ったルートだろう。

そして、『外様』は一度現場に出て職員として学校に戻ってきた人間のことである。

現在、東方騎士団学校の実権は完全に『伝統派』に牛耳られており、クラスの担任教官も全員が『伝統派』である。何人かの『外様』の職員は補助的な役職に甘んじていた。

そして貴族出身で騎士団学校の中でしか働いた経験のない『伝統派』の人間たちは非常に選民意識が強い。彼らが牛耳るここ東方騎士団学校において『外様』であるジュリアの発言権はないに等しかった。

Dクラスの教官が言う。

「まあ、そんなくだらないことはさておき」

くだらないのはアンタらの方だろう。という言葉をジュリアは何とか飲み込む。

「本題に入ろう。最初の『特別強化対象』を誰にしますかな？」

その言葉に『伝統派』の人間たちが下卑た笑みを浮かべる。

『特別強化対象』。周りより能力が劣っているために、重点的に訓練を行う生徒のことを指す。

というのは表向きの理由である。その実態は度を越えた厳しい訓練と徹底したいびり倒しによって教官たちの嗜虐心を満たし、同時に他の生徒たちに対する見せしめにするという、ふざけた伝統である。

「ふむ、正直、今年度は残しておきたい生徒が多いですからな」

　Ｇクラスの教官の言葉の通り。選ばれた生徒は耐え切れずに一ヶ月と持たず辞めていくことになる。

「私のクラスにちょうどイイのがいますよ。三十番の男です」

　そう言ったのはＡクラスの担任ペディックだった。

　今度はジュリアには資料を確認するまでもなく誰のことを言っているのか分かった。

「ふむ、リック・グラディアートル。ん？　なんだこの男は。年齢制限ギリギリじゃないか」

「それにこの最低レベルの魔力量。よく騎士になろうと思ったな」

「舐めてるとしか思えませんなあ」

　教官たちは口々にリックを批評する。

　それを確認してペディックは言う。

「決まりでよろしいですかね？」

「ですな」

「使えない奴はガンガン切り落とす。それが騎士団学校の伝統というものだ」

「こらこら、切り落とすのではなく。重点的に鍛えあげる、ですよ。本人がついていけるかどうかは保証しませんが」

「おっと、そうでしたな」

そういって嗜虐的な笑みを浮かべる『伝統派』の教官たち。何をいまさら取り繕っているのか。

だが今は、ジュリアにとって大事なことはそこではない。

「ちょっと、待ってください。その生徒は――」

このリックという生徒は確かに魔力量は低い。だが、測定の時にジュリアが目撃したアレはそれを補って余りある。

「ジュリア女医」

ジュリアの言葉を抑揚をつけない声が遮る。

クライン校長である。

「これはクラスの担当教官たちが決めることです。校長である私でも、常駐医師であるアナタでもない。アナタはアナタのやることを十全にこなすことに力を割くべきです。そうでしょう？」

口調は穏やかであったが、突き放すような冷たさを感じさせる声であった。

クライン校長は現場でも長く活躍した『外様』の人間である。しかし、この学校を『伝統派』たちの好き勝手にさせている張本人でもあった。

「ははは、ジュリア女医。半端な奴を現場に送り出してもすぐについていけなくなる。諦めさせてやるのが我々の使命というものだ」

ペディックの言葉に頷く他の教官たち。

無理やり笑顔を作り、ぴくぴくと眉を動かすジュリア。

現場に出たこともないアンタらがなぜ現場のことを語るのか、という言葉を飲み込むために表情筋と忍耐力を総動員せざるを得なかった。

□□□

「あーもう、腹が立つったらないわ!!」

会議の後、ジュリアは渡り廊下でゴミ箱を蹴り飛ばした。

「おや、荒れてますねジュリア先生。さっきの集まりで『伝統派』の連中に何かセクハラでもされましたか?」

そう言って現れたのは、爽やかな容姿をした長身の青年であった。

シルヴィスター・エルセルニア一等騎士。現在、騎士団学校の警備を務める騎士団第一警備部隊の隊長である。

『伝統派』から見ればシルヴィスターも『外様』であり、その冷遇はすでに思い知っている。

先ほどの入学式に関してもシルヴィスターたちは誰一人として出席させてもらえずに、警備を指示されていた。中央から派遣されてきた警備部隊とはいえ学校の職員である。そのリーダーであるシルヴィスターくらいは出席させるのが常識というものなはずだが、『伝統派』にそれを求めるのは詮無いことである。

ジュリアはシルヴィスターに先ほどの会議でのやり取りを話す。

「……というわけでして」

「なるほど。話には聞いてたけど、本当にひどいものだな東方騎士団学校は。西も北も南も中央も実力主義に変化しつつあるこのご時世に」

「ええ、現場を知らない人間が教官をやっているので実力主義の大事さというのもよく分からないのでしょう。彼らは実力がなくても怪我をしませんし」

吐き捨てるようにそう言ったジュリアを見て、苦笑するシルヴィスター。

「んー、ただちょっと気になったのは」

シルヴィスターは顎に手を当てて言う。

「その『特別強化対象』に選ばれた生徒を守ろうとしたのはなぜだい？　僕も三十二歳で

魔力量が最低レベルの第六光級というのはちょっと騎士としてやっていけるようには思えないかな。『伝統派』の奴らの考え方に乗るようで癪だけど、諦めさせてあげるのも悪いことばかりとは言えないよ」

「いえ、それなんですが。彼の魔力測定でとんでもないことが起きまして」

「とんでもないこと？」

「ええ。彼が魔力を込めた後」

　ジュリアは一度そこで言葉を区切って言う。

「真っ二つに割れてたんです……水晶石が」

「なん……だって⁉」

　驚きのあまり、美形が台無しになるレベルで思いっきり目を見開くシルヴィスター。

「魔力測定に使う水晶石が流れ込んだ魔力に耐え切れずに割れるってのは無い話じゃない。かくいう僕も小さなヒビくらいなら入れられるからね……でも、普通は第一光級レベルの膨大な魔力量が一気に流れ込んだ時に起きる現象だ。真っ二つというのは聞いたこともないけどね」

「ええ、ですがその生徒は最低レベルの第六光級。それでも水晶石を割る方法はあります。できるかどうかは別として」

「魔力の質だね。魔力は単純な量だけじゃなく『干渉力』という要素がある」

『干渉力』とは簡単に言えば同じ魔力量当たりどれくらいの現象を引き起こせるか、という要素である。

例えば同じ十の魔力を使って火を起こしても『干渉力』が低い魔力では小さな火しか出せないが、『干渉力』が高い魔力では巨大な火柱を発生させられたりするのである。術者が魔力を練り上げる時の精度が高ければ高いほど『干渉力』は上がっていく。

とは言っても、常識的な範囲ではそこまで『干渉力』に大きな差など出ないものである。シルヴィスターは騎士団における上から二つ目の階級、一等騎士であり部隊内では随一の『魔力操作』の技術を持っているが、それでも生成する魔力の『干渉力』は普通の団員の5倍ほどである。魔力量の指標である『光級』で言えば一つ上の光級の魔力量と同じことができる。というくらいだろうか。

間違っても最低レベルの第5光級で、第一光級でも滅多に破損しない水晶石を真っ二つにするなどということはできるものではない。

「見間違いじゃないいんだよね?」

「ええ、それはもう。彼の前にかなり魔力量の多い子が数人いて、その時に割れていないかは確認してます」

シルヴィスターは冷や汗を流しながら言う。

ちなみに、本当に第5光級の魔力量で水晶石を真っ二つにするとしたら、必要な『干渉力』はどう低く見積もっても一般的な騎士団員の1万倍以上である。

「……人間業じゃないな。どうやったらそんなものが身につくっていうんだ」

「……分かりません。いや、それくらいの『干渉力』が必要な状況。例えば膨大な魔力量の攻撃を打ち消す必要のある戦闘を日常的に続けていればあるいは」

「それ、途中で絶対死んでるでしょ」

「ですよね」

「はあ。この前Eランク試験で見たあの男といい、最近の三十代は凄いなあ」

シルヴィスターは遠い目をしてしみじみとそう呟いた。

第二話　訓練開始!!

騎士団学校の起床時間は朝六時と早い。

ただ、リックは『オリハルコン・フィスト』での訓練で、朝早く起きて体を動かす習慣がついていたため、それよりもやや早く目が覚めてしまった。

「……ふあっ」

のそのそとベッドから起きあがり（下の段でガイルがデカいイビキを立てていた）洗面台の前に立ち朝の支度をする。

「あ、おはようございます。リックさん」

「おう、ヘンリー。おはよう」

リックが洗面所で歯を磨いていると、長い前髪が寝癖で景気よく跳ね上がったヘンリーが現れた。

「いよいよ今日からですね……訓練」

ヘンリーはリックの隣の洗面台の前に立ってそう言った。

「あー、そうだなあ……」

リックはため息混じりでそう返す。『世界一厳しい学校』と言われる東方騎士団学校の訓練が今日から始まるのである。

「あれ？　そういえばヘンリーは随分と余裕ありそうだな。もっとこの世の終わりみたいな憂鬱な表情するかと思ってたけど」

「ふふふ、リックさん。僕には秘策があるんですよ」

「ん？」

「この騎士団学校。基本的に娯楽は一切持ち込み禁止ですが、本だけは自由に持ち込んでいいことになっています」

「ふむふむ」

「そこで、これです!!」

ヘンリーが取りだした本の表紙にはデカデカと『これでアナタも週休五日。超仮病大全集!!』と書かれていた。

「……」

沈黙するリックを余所に、ヘンリーはページをパラパラとめくりながら言う。

「とりあえず今日は軽く腹痛あたりからいってみますかね、大事なのは「昨日の○○があたったかもしれません」みたいに腹痛の理由を自分で特定しないことみたいですね。原因不明の方がリアルなんだそうです」

「……お、おう。頑張れよ」

そういえば俺も仮病の研究したなあ。とリックは懐かしむ。

もちろん、究極のヒーリング使いであるブロストンにそんな小細工は通じなかったが。

「ん？　おお、アルク君。おはよう」

リックとヘンリーが話していると、アルクが洗面所に現れた。

しかし改めて見ると本当に凄い美形である。女でもここまできれいな顔立ちをしているのは、リックが知っているなかではリーネットくらいだろうか。アリスレートは綺麗というより「可愛らしい」と言った感じである。見た目だけは。

女性が苦手なヘンリーなど、昨日はアルクを前にするともの凄く緊張していたのが記憶に新しい。さすがに一晩寝てちょっとくらいは慣れ
「あ、アルクさん、お、おおおおお、おはははははは」

キョドりすぎである。

リックは心底ヘンリーの将来が心配になってきた。

アルクはこちらを一瞥もせず、黙って歯磨きや洗顔を始める。

「……」

「……」

「……」

気まずい沈黙が流れた。

「あー、あの、アルク君さ。あまり人と関わりたくないとは思うけど、挨拶くらいは返そうぜ」

アルクは顔をタオルで拭きながら言う。

「余裕だな」

「え？」

「余裕があるなと言ったんだ。私はこの学校を首席で卒業するつもりだ。そのためには徹底して己を高めなくてはならない。一分一秒とて無駄にすることはできないんだ。こういうことを話すのも無駄な時間だ。今後はどうしても必要な用事以外で私に話しかけるな。私からも話をすることはない」

アルクはさっさと用を済ませると、部屋に戻っていった。

私には……おまえたちと違って余裕なんかない……去り際にそう呟いた背中を見送り、リックは呟く。

「気合い入ってるなあ」

アルクが去って落ち着いたらしいヘンリーが言う。

「凄い意識の高さですよね。見習いたいですよ（ペラペラ）」

「なら、まずはその本をめくる手を止めるといいと思うぞ」

それにしても、と前置きしてヘンリーは言う。

「二十四時間一秒も無駄にせずに自分を高めるためだけに使うとか僕にはできる気しないですよ」

「そうだよなあ、人間だもの。そんなことできるわけ……」

その瞬間。リックの脳内をこの二年間の思い出が駆けめぐった。

あ、はい。できますね。逃げようとしても無理やり地獄に放り込まれれば。

（そうか訓練か……またあんな日々が始まるのか……）

「あれ？　リックさん？　急に崩れ落ちてどうしたんです？」

その時、朝から元気一杯な野太い声が聞こえた。

「おう!!　おはよう舎弟ども。今日から始まる訓練、俺様の足を引っ張るんじゃゃ――」

「……フへへへ、ブロストンさーん、人間は二十時間ダッシュできませーん……アリスレートさーん、アナタの軽く撃ってるつもりのそれはこの前山を吹き飛ばしたやつなんで俺に向けないでくださーい……ミゼットさーん、この強制ギプス的な何か縮む力が強すぎて俺の骨がミシミシ鳴ってるんですけど……」

「なんでこのオッサン朝から白目剥いてんだ？」

一番遅れて起床してきたガイルは、リックの姿を見て不思議そうな顔をした。

□□□

さて訓練の時間である。

訓練用の服に身を包み、第一運動場に集合したリックたち。

彼らに向けてAクラスの担当教官ペディック二等騎士がその厳つい顔面に設置されたたらこ唇から大声を出して言う。

「いいかぁ!!　ひよっこども!!!　今日この日から貴様らを現場で通用する騎士にするために、このオレがみっちりと訓練をしてやる!!　分かっていると思うが、一切の甘えを許す気はない。熱が出ようが腹が痛かろうがキッチリと訓練をこなしてもらう!!」

「はあ……」

再びため息をつくリック。

分かっていたことだが、やっぱり相当厳しい担当教官のようである。

隣を見るとヘンリーががっくりと肩を落としていた。

仮病通じそうにないもんな……

もちろんヘンリーだけでなく他の新入生たちも、手に木剣を持ち大きな声を出すペディック教官に萎縮していた。

「さて、ではまず……おい、二十七番のガイル・ドルムント!!」

「おう……じゃなくて、はい!!」

「戦いにおける四大基礎を言ってみろ」

「え、えーと『体力』と……『体力』と……」

どうやら一つしか出てこないようで目を泳がせるガイル。

ペディックがそんなガイルをギロリとにらむ。

おい、マズイぞガイル。

「『体力』と、後は何だ?」

「『体力』と……『友情』と『努力』と『勝利』だ!! べふっ!!」

木剣でしばかれたガイルが倒れる。

「全然違うわこの大バカものが! では次の二十八番、アルク・リグレット。代わりに答えろ」

「はい！」

直立不動でペディック教官に返事をするアルク。

「『体力』『身体操作』『魔力操作』『魔力量』です」

「その通りだ。さすが首席合格者だな。騎士にとってこの中でも特に大事なのは、『体力』と『身体操作』だ。なぜか分かるか？　二十九番、ヘンリー・フォルストフィア」

「え、あ、あ、あっと、開けた場所でモンスターとの戦闘をこなすことの多い魔導士や冒険者に比べて、騎士は国内の警察警備という仕事の性質上、主に市街地での対人戦をすることが多いため『体力』と『強化魔法』の有用性が高いからです」

ビクビクとそう答えたヘンリー。声のボリュームは低いがすらすらと知識が出てくるあたりは、やはり勉強家である。

「その通りだ。広範囲高威力の『界級魔法』を市街でぶっぱなすわけにはいかんからな。我々は武器を持ち接近戦で『強化魔法』を使って戦うのが主流だ。そのための全ての基礎になるのは当然元々の体の強靭さ。つまり『体力』ということになる。もちろん、必要分の『魔力量』を持っていることが大前提だがな」

リックはペディックの言葉にウンウンと頷く。

ブロストンも訓練初日に同じことをリックに教えてくれたし、冒険者になった今でもやはり、全ての基礎になるのは徹底的に鍛えられた『体力』だという実感がある。まあ、リックの場合は魔力量が必要分も無いのだが。

「というわけで、騎士団学校に於いては『体力』を重点的に鍛えていくわけだ、分かったかこの能なしども……返事ぃ!!」

は、はい!!　とクラス一同が慌てて声を出した。

(それにしても)

また『体力』を鍛える訓練か、とリックは頭を抱える。

いや、大事なのは分かるのだが。何というかこの二年間体を虐めっぱなしである。相当気合の入ったドMでもここまで自分の体を虐め抜くことはあるまい。

もう少しこう、苦しまなくてすむ人生にならないのだろうか。

(ああ、のんびり事務員やってた頃が懐かしいなあ)

あれはあれで、得難い時間だったと今になって思うのである。戻る気は全くないが。

「さて、我ら東方騎士団学校には体力強化のための伝統的な訓練、『七つの地獄』というものがある。本日はその一つ、『永遠ランニング地獄』をやってもらう!!」

なにそれ怖い。とリックは身震いした。

□□□

ペディックにつれられて第一校舎の前に来たリックたちAクラス一同。

おそらくここがスタート位置なのだろう。

リックは一人呟く。

「『永遠ランニング地獄』……ランニングかあ……」

リックの脳裏にある修行がフラッシュバックする。

■■■

それはいつもと変わらぬ朝だった。

「おはようリックよ」

朝5時半にベッドにしがみつくように寝ていたリックを、ベッドごとひっくり返してブロストンがモーニングコールをする。

「さあ、今日も楽しく朝のジョギングに行くぞ」

ダッ!!!

ガシッ!!

「なぜ逃げるのだ？」

「逃げるわ!!」

ブロストンに襟首を掴まれたリックは、足を宙にばたばたさせながらそう言った。

「いいか、リックよ。啼鳥に耳を傾け心行くまで春眠を楽しみたいという気持ちはオレとて分かる。だが、朝早起きして『適度な運動』を楽しむことは人生を充実させるのだ。人間の頭と体というのは寝起きの後、放っておけば完全に動ける状態になるまで六時間はかかる。しかし、朝に運動をして各種内臓と筋肉に活を入れることで、素早く頭と体を動ける状態にできる。言うなれば人生において万全に動ける状態でいられる時間が何時間も増えることになるのだ。これがいかに有益なことかお前になら分かるだろう？」

「嘘つけ!!　何が適度な運動だ!!　２００kgの重り引きずって20kmダッシュする適度な運動なんてあってたまるか!!」

「ハハハ、ちゃんと『「敵」を何「度」でも倒せるようになる運動』だろう？」

どうやら、リックとブロストンでは使っている言語が違うようである。

「なーに、安心しろ今日は重りは無しだ」

「え⁉　そうなんですか？」

「ああ、その代わり距離をちょっと延ばす……」

なんだ、それなら大したことは
「２０００㎞ほどにな」

ありました。

というか、その距離今日中に終わらないだろ‼

「やっぱり、離せーーー‼　死にたくないーーー」

「大丈夫だ、死んでもすぐなら復活させてやる。存分に死ぬほど走るがいい」

「ぬおおおおおおおおおおおおおおおおおおおおおおおおお‼」

■■■

「オロロロロロロロロ‼!」

「うお‼　オッサン何急に吐き出してんだよ‼」

急に顔を真っ青にして朝食を軽くリバースしだしたリックに驚くガイル。

「なんだオッサン体調悪かったのか？」

「今悪くなった」

「いや、意味わかんねえよ。へ、まあせいぜい途中でリタイアして教官にぶっ飛ばされないこったな。きっとオッサンの体にはこたえるぜ」

リックを見下したように笑いながら、そう言うガイル。

だがリックはガイルの言葉と態度に込められた見下しを、気にする余裕はなかった。

（あー、やばいよー、これ絶対キツイ感じの訓練だよー。なにせ『永遠ランニング地獄』なんて名前の付く訓練だもんなあ）

ペディックが訓練の内容を説明し始める。

「いいか、お前らにはあちらに見える騎士団学校が管理する山の頂上まで登り、降りてきてもらう」

ペディックが指さしたのは騎士団学校のすぐ近くにある山だった。問題はその大きさである。ちょっと、登って下りてくるという次元のサイズではない。

「まあ、大体距離にして往復で17㎞と言ったところか」

一同がざわつく。ヘンリーなどは顔を青くしていた。

その様子を見てサディスティックな笑みを浮かべるペディック。

一方、リックは首を傾げていた。

（あれ？　単位を二つくらい聞き間違えたかな？）

さすがに地獄というには距離が短い気がする。うん、そうだな。たぶん1700㎞とかの間違いだろう。

さすがは『世界一厳しい学校』である。『オリハルコン・フィスト』ほどではないとはいえ、かなりの長距離走だ。

「部屋ごとの班になって走ってもらう。まずは、500号室の六人スタート位置につけ!!」

さあ、いよいよ訓練の開始である。

□□□

さて。

訓練が始まり、ペディック教官の合図とともに次々にリックたちの前の班がスタートしていく。

「さてと」

前の班がスタートしいよいよ自分たちの番である。リックも軽くストレッチをしながらスタート位置に立つ。

と、そこでペディック教官がリックたち５０４班を呼び止めた。

「待て、５０４班。貴様等には特別なルートを走ってもらう」

「特別なルートですか？」

リックの疑問にガイルは口元を緩（ゆる）めながら答える。

「ああ、山の麓（ふもと）の分かれ道を本来なら右側に進むがお前たちは左の道に進め。ふふふ、まあなに。お前らの班には周りよりも体力のなさそうな奴（やつ）がいるから、同じコースを走らせるのもな。と思っただけさ」

なるほど。とリックは納得（なっとく）する。

そうか、ヘンリー君見るからに体力なさそうだもんな。たぶん他のところより少し楽なコースを走らせてくれるのだろう。

もちろん俺（おれ）はオリハルコン・フィストで鍛（きた）えているので普通のコースでも問題ないと思うが。

「分かっていると思うが、騎士団の基本原則は連帯責任。時間内に戻ってこられなかった奴が一人でも出た班は減点と追加訓練を受けてもらうからな」

ペディック教官の言葉にヘンリーが、勘弁してくれと言うような表情になる。

「ははは、だってよ!! 足引っ張るんじゃねえぜオッサンよお。まあ、誰かぶっ倒れたときは俺様が背負ってやるよガハハハハハハ」

ガイルはそう言って笑いながらバンバンとリックの背中を叩く。

まあ、これだけ元気があれば大丈夫だろう。見るからに体力もありそうである。

そのガイルの隣で黙々とストレッチをしているアルクも、問題はないだろう。

ペディック教官がリックの方を見て言う。

「まあ、せいぜい頑張れよ（ニヤリ）」

□□□

『永遠ランニング地獄』開始から約一時間。

おかしい。

ガイル・ドルムントは山道を走りながら心の中でそう呟いた。

二つおかしいことがあった。

一つはこのルート。

不自然に傾斜や障害物が多いのである。すでに岩山を二回よじ登り、川を三回渡っている。傾斜に関しては斜度20度級の傾斜にもう何度も出くわしているのだ。さらに道自体が全く踏みならされておらず走りにくい。

いくら体力に自信のあるガイルでも、たった数km走った時点で息があがり、足の感覚が無くなってきている。

自分があまり鋭い方でないことは自覚しているが、それでも分かる。このコースは他の班の奴らが走っているコースとは比べものにならないほどキツい、まさに地獄のコースであると。

なぜ、自分たちだけいきなりこんなにキツいコースを走らなければならないのだろうか。

いや、それとも。もしかして、すでに教官から嫌われている人間がこの班の中に？

首席のアルクがいるからか？

「はあ、はあ、クソッ!!」

そして、もう一つのおかしなことが。

「ふん、ふふん、ふんふふんー♪」

この地獄コースを鼻歌歌いながら余裕そうに走っているオッサンである。

スタート以降ずっと自分の前を走るこの男。パッと見では軽いジョギングでもしているのかと錯覚しそうになるが、そのペースは化け物じみて速い。

体力に絶対の自信のあるガイルの全力とほぼ同じ、アルクも普段の澄ました表情を崩しながらなんとかついていけるレベルである。ヘンリーに関しては既に後方で死にそうなほどフラフラになっている。

「ふふふ、ふふふーん、そのかおーをあーげてー♪」

くっそ!!　とうとう鼻歌じゃなくて歌詞まで入れてきやがった。

メラメラとガイルの中に対抗心が湧き上がる。

俺の前を走るんじゃねえ。俺は体力では絶対に一番にならなくてはならねえんだ。

本日何度目かも分からない上り坂にさしかかったとき、ガイルはリックを抜き去りトップに出るために仕掛けた。

「ぐおおおおおおお!!」

ペース配分を無視した全力ダッシュである。

ガイルの長身が大きなストライドを生み出し、坂道に逆らってその巨体をグイグイと加速していく。

そして、後続を引き離しトップに躍り出――

「おー、ガイル君はやっぱり元気だなあ」

「何いいいいい⁉」

涼しい顔をしてついてきやがった‼

しかも、リックは呼吸一つ乱していない。

なんだ、なんなんだ、このオッサンは……

そのリックがガイルに話しかけてくる。

「なあ、ガイル君。やっぱりこのコースって……」

どうやら、リックもこのコースの異常な過酷さに疑問を持ったらしい。

ガイルは乱れた呼吸の中で何とか答える。

「お、オッサンも気づいたか。こ、このコース、間違いなく他の班が走ってるところより厳し――」

「すっごく楽なコースだな」

「あえ？」

「ん？」

どうにも認識したくない見解の相違があった気がする。

「ん？　もしかしてガイル君。結構このペースキツい？」

「そ、そんなわけねえ。ああ、そうだな。楽勝だぜこんな程度のコース。当然じゃねえか

!!」

クソ、クソ!!　どうなってやがる。

その時。

バタリと後方で音がした。

振り返るとヘンリーが倒れているではないか。

まあ、時間の問題だなとは思っていたが。

「大丈夫か？」

リックが真っ先に走ってヘンリーを起こす。

「だ……ダイジョブ……おえっ」

「うん。全然大丈夫じゃないね」

ガイルはそんな様子を見て考える。

さて、どうする？

このまま放っておけばヘンリーは間違いなく時間内にゴールできない。罰則は正直勘弁願いたいところである。

「……」

アルクは無言でヘンリーの様子を一瞥すると、そのまま先を走ろうとする。

「おい、ちょっと待てよ女男」

「何か用か？」

「何かじゃねえ。ヘンリーが倒れてんだろうが」

「だから？」

「んだとぉ？」

「では聞くが、どうするつもりなんだ？　どうにかできるつもりなのか？　それで自分の成績を落とすことに何の意味がある？　私は時間内にゴールする。罰則もきっちりとこなせばいいだけの話だ」

「そ、それは」

スタート時点では誰か倒れたら背負ってやるなどと豪語したが、さすがにこのコースでそれはキツい。間違いなく共倒れである。

「クソッ」

せめて、普通の山道だったら。

「よっこいしょ」

そう言って軽々とヘンリーを背負うリック。

「……」

「さあ。行こう……ん？　どうした。ああこれくらいの道なら俺でも大丈夫さ」

ガイルは唖然としてその場に立ち尽くしてしまった。

隣を見るとアルクも目を見開いている。似たような感想を持ったのだろう。

ぐぬぬ。

ガイルはリックの方を指さして言う。

「ま、負けねえからなあ！」

「お、おう？」

リックは不思議そうな顔でそう返事をした。

□□□

「我ながら完璧な作戦だ……」

ペディックはゴール地点でそう呟いた。

今頃リックたち５０４班は死ぬ思いをしているはずだ。リックたちが走っているのは、卒業試験で使う超ハードコースである。半年間みっちりと訓練で鍛え上げた学生たちですら、何とか完走できるくらいの獣道なのだ。間違いなく時間超過の罰を受けることになるだろう。今後もこういった特別扱いを繰り返していくつもりだ。

こういう蓄積が効くのである。周囲はいずれ理解する。

教官から目を付けられているリックがいるから自分たちはこんなにつらい目に遭うのだと。気がつけば部屋でも孤立し、学校を去っていくことになるわけだ。

「フフフ」

「リック・グラディアートルとヘンリー・フォルストフィア到着です」

「ああ、おつかれ。君たちが一番乗り……ってえええええええええ⁉」

超難関コースに送りだしたはずの男がそこにいた。

こっそり他の班と同じコースに行ったのか？　いや、ペディックは504班が分かれ道を左に入っていったところを確かに見ている。

「あ、どうもペディック教官。おかげさまで時間内にゴールできましたよ」

「……」

しかも、どうやら途中で倒れたらしいメガネの生徒を背負っている。まさか背負って走ってきたとでもいうのだろうか。あの山道を。

「距離も驚くくらい短かったし。見かけによらず優しい教官なのかなあ」などと呟くリックの声も聞こえずに口をあんぐりとするペディック。

「へ、へへへ、なんとかついていってやったぜクソやろう……」

それから少し遅れてゴールした大柄の学生はそう言うと、バタリとその場に倒れる。

さらに、その数分後にゴールした今年の首席合格生は、ゴールしてすぐに壁にもたれ掛かりしばらく肩で息をしていた。

この二人の満身創痍な様子を見る限り、やはり難関コースに行ったのは間違いないはずなのだが……

「何がどうなっているんだ……」

□□□

その夜。

昨日と同じように会議室に各クラスの担当教官が集まっていた。

「例の特別強化対象の生徒についてですが」

Bクラスの担当教官が口を開いた。

「つい先ほど廊下で鼻歌を歌いながら歩いている彼を見かけたが……どうにも上手くいってないようですなあ？」

ペディックは周囲を見回して冷や汗を流す。

本日試みたリックへのいびりは全く上手くいかなかった。特別強化対象を自主退学に追い込めなかったとなればペディックの沽券に関わる問題である。

「な、なーに。初日ですからな。軽く手加減をしたまでです」

□□□

さて翌日。

時刻は昼前。リックたちAクラスはペディック教官に連れられ、騎士団学校の敷地内を流れる川の前に来ていた。

「では、ウジ虫ども!! 今から貴様らには七つの地獄の一つ『窒息川渡り地獄』をやってもらう!」

相変わらずのネーミングセンスはさておき、またも名前からして辛そうな訓練に辟易とした顔をする生徒たち。

「やることは簡単だ。貴様らにはこの川をこちら側から向こう岸まで泳いで往復してもらう。終わった者から午前中の訓練は終了とする。早く飯を食って休みたければサッサと渡りきることだな」

ペディックの説明した訓練の内容に一同が不思議そうな顔をする。

彼らの目の前に広がっている川は確かにそれなりに横幅も広いし流れも速い。しかし向こう岸まで泳ぎ切るのが困難なほどではないのである。要するにここを泳いで渡るだけでいいというのは騎士団学校にしてはどうにも楽すぎるのではないかということだろう。

そんな生徒たちの心理を察してペディックがニヤリと笑う。

「ただし、これをつけてな」

そう言ってペディックが取り出したのは、手甲や胸当てなどの一般的な鉄の防具一式だった。

「まず500班‼　防具をつけて川に入れ」

ペディックの言葉とともに水中に入った500班。

彼らはすぐさまこの防具の意味を理解する。

防具が川の流れを受け凄まじい負荷を全身にかけてくるのである。しかも騎士団学校では体力トレーニング時は魔力使用厳禁である。500班の生徒たちは向こう岸に渡るどころか川の流れに流されないことに四苦八苦している有様だった。

実は、この訓練は卒業までに往復しきれる者はほとんどいない。それほどに重いものを身につけて水の中を動くというのは難しいことなのである。

ペディックは波に流され溺れかけそうになる生徒たちを見て、この特訓の過酷さを改めて確信した。

そして、リックのほうを見る。なにやら、ボーっとしたような様子で青空を眺めていた。

（……念のためもうひと押ししておこう）

ペディックは心の中でそう呟いたのだった。

□□□

（他のパーティメンバーが到着するのは来週あたりかあ）

リックは目の前で流れに悪戦苦闘する同期たちを他所に、今は離ればなれになっているパーティメンバーに思いをはせる。

「……」

その結果嫌な予感しかしなかった。できれば、先輩たちが来る前に『六宝玉』を見つけてしまいたいものである。

さて、そうこうするうちにリックたちの番である。

「おい、三十番!!」

「あ、はい」

皆と同じように防具をつけようとした時、ペディックから番号を呼ばれた。

ペディックはズンズンと足音がしそうな足取りでリックに近づきこう言った。

「貴様、昨日は随分と調子がよかったようじゃないか」

「そうですねえ。おかげさまで」

「だから今日お前には特別な訓練器具を用意した。これをつけて渡れ」

そう言ってペディックがリックに見せたのは他の生徒がつけているものよりも明らかに大きく、比重の重そうな金属でできた胸当てだった。

「と、特別な訓練器具……ですか？」

リックの脳裏に『オリハルコン・フィスト』でのある光景がフラッシュバックする。

■■■

「さて、リック君。今日から君には特別な訓練器具をつけてもらうで」

ミゼット・エルドワーフはそう言っていつも持っている麻袋から、あるものを取り出す。

「テテテテッテテー、『ちゃぶ台返しギプス一号MAXハート』～!!」

「……なんですかこの異様なモノは」

手足と胸に取り付ける五つのプレートのようなものが、螺旋形に巻いたひも状の金属でつながっている。胸のところに付いている髑髏マークのボタンがいかにも怪しい。

ここ数ヶ月で研ぎ澄まされたリックの危険感知レーダーが警報を鳴らしていた。

「……ちょっといいですか」

リックは『ちゃぶ台返しギプス一号MAXハート』を近くの木にくくりつけ、スイッチを押す。

メキメキメキィ!!

ひも状の金属が一瞬にして縮み、生々しい音を立てながらプレートが幹に食い込んだ。

「……」

「ヒューヒュー」

「殺す気か!!」

「いやいや、勘違いせんといてな。今のリック君の体なら耐えられるって確信してるから渡したんやで?」

「なるほど」

ミゼットの言葉に頷（うなず）いてみせるリック。

「分かってくれたようでなによりやな」

「で、本音は？」

「新しい道具開発したから頑丈（がんじょう）な被験体（ひけんたい）で試（ため）してみたいねん。よろシコ」

ダッ!!

リックは逃（に）げ出した。

「絡（から）めとれ深緑の罠（わな）。第七界綴魔法『フォレスト・ロープ』」

「ぐおおお、離せーーーーーーーーーーーーーーー!!」

「何事も挑戦（ちょうせん）やでリック君。ぶっちゃけ、これ付けてれば飛躍（ひやく）的に体力を強化できるのはマジなんやからな……よっこいしょ」

カシャン。ポチ。

「うごおおおおおおお、潰（つぶ）れるーーーー、体が潰れるーーーーー、ああ、なんか俺の骨からミシミシと鳴ってはいけない音がああああああああああああああああ!!」

■■■

「……やばいよやばいよ」

頭を抱えながら呟くリック。特別な訓練器具なるものにはロクな思い出がない。

「どうした？　早く防具をつけろ」

しかしペディックに睨まれしぶしぶ特製の胸当てを身につけるリック。

だが。

（あれ？　これ軽いな）

正直このくらいなら身につけていても普通に動きまわるのと大差ない。しかも、リックの体をミンチにしようかという力で縮んでくるようなこともないのである。

リックはペディックに言う。

「こ、これは特別（軽い）防具ですね。いいんでしょうか俺だけ……」

「ああ、特別な（素材でできた10倍重い）胸当てだ。感謝するんだな」

そう言ってニヤリと笑うペディック。

やっぱり優しい教官だなあというリックの呟きは川の流れる音にかき消される。

「では５０４班。始めろ!!」

その言葉でリックと同部屋のヘンリーたちが川に入っていく。

ヘンリーはいとも簡単に一瞬で流されて溺れかけている。さすがに体力がなさ過ぎである。

ガイルとアルクはときどきバランスを崩されつつも、着実に手と足で水を掻き前進する。さすがこの二人は体力面に関して非常に優秀である。

そしてリックは。

タン、タン、タン、スタッ。

クルリ。

タン、タン、タン、スタッ。

「終わりましたペディック教官」

「ちょ、ちょっと待てリック⁉　お、お前今何やった？」

「え、水の上を走っただけですけど？」

「魔法の使用は禁止だぞ‼」

「いや、使ってないですよ。右足が沈む前に左足を着いて左足が沈む前に右足を着けば、水の上を渡るのに魔力なんていらないでしょ？」

さも当然のように言ってくるリックにペディックの顔がちぎれ飛ぶのではないかというくらい引きつる。

当のリックはポンと手を打って言う。

「ああ、もしかして水面を走らないほうの水泳でしたか」

「『水面を走らないほう』ってなんだよ!!　初めて聞いたぞ!!　てか走ったら泳いでないだろ!!」

だが、確かにペディックはリックが先ほど魔力を練っていないかを観察していた。見間違えていなければこの男は本当に生身で水面の上を重い防具をつけながら走ったということになる。

（いや、ない。さすがにそれはない!!　おそらく魔力を使ったのを見逃したんだ。きっとそうだ）

□□□

昼休みを終え、再び訓練が始まった。

「おーい、大丈夫かーヘンリー」

「ダメです……」

リックの隣に座るヘンリーは午前中のトレーニングですでにフラフラになり、足元もおぼつかない状況である。

今までまともに運動したことのない少年にはこのくらいの優しい訓練でも辛いのかあ、と小さく呟くリック。

その時。ペディック教官が怒鳴り声を上げた。

「おい、そこ。私語は慎め!!」

うわー、まずい。と慌てるリック。

「おい、貴様ら。随分と余裕じゃないか。リックその場で腕立て伏せ」

しまったなあ。意外と優しいと思ったけど、やっぱり厳しいところはしっかりと厳しい。

てか、何で俺だけ？

「2000回だ」

「……え？」

20000回と聞き間違えたかな？

リックの困惑を、すさまじい回数を指示されたことに対する絶望によるものだと勘違いしたペディックはニヤリと笑う。

「(たった) 2000回ですか？」

「そうだ。悪いが1回たりともまける気はない」

「そ、そうですか。では」

リックはそう言って地面に手をつき腕立て伏せの姿勢になる。

次の瞬間。

ドオッ!!!

っと、周囲を凄まじい風圧が駆け抜けた。

「うおっ!!」

ペディックは舞い上がった砂ぼこりに一瞬視界を奪われる。

そして数秒後、砂煙の中から出てきたリックはさらっとこう言った。

「……終わりました」

「嘘をつけ!!」

声を上げるペディック。

「いや、ほんとに終わったんですって」

「いいか、この世には重力というものがあって、腕立て伏せというのはそれを使って体を下に落とすものなんだよ!!　こんな短い時間で2000回できるわけないだろ!!」

「ええ、ですから体を落とすときには地面に指を食い込ませて素早く引くことで効率よくやるわけじゃないですか……あ、もしかして地面を掴まないタイプの腕立て伏せでしたか？」

　だからなんだよそのタイプ分け!!!　と心の中で突っ込むペディック。

　しかし、よく見ると確かにリックの足元には指を深く食い込ませた跡がある。

　いやいやいや、無い!!　ありえない！

「て、適当な嘘を言いやがって。もういい。貴様は今日の訓練を受けなくていいからぶっ倒れるまで運動場を走ってろ!!」

「……はあ？　分かりました」

□□□

「オラ気合入れて走れえ、オレのペースについてこれなかったらペナルティだぞ!!」

　ふ、今度こそやってやった。

　馬に乗り、リックの前を走りながらペディックはほくそ笑む。

　現在リックはペディックの乗る馬と同じ速度を維持しながら走る罰を受けている。まあせいぜい人間の足では持って数時間と言ったところか。

「ふふふ、東方騎士団学校のしごきを思い知るがいい。それ!!」

ペディックは馬に鞭を入れてペースを上げさせた。

——二時間後。

リックは特に苦しそうな様子もなくついてきていた。

ペディックはそれを見て言う。

「なるほど、やはりなかなかの体力のようだな。だが本当の地獄はこれからだ、それ!!」

ペディックは再び馬に鞭を入れた。

——五時間後。

リックは相変わらず平然とついてきている。

「……くっ!!」

ペディックは馬に鞭を入れて再度加速させる。

——十時間後。

ついに倒れた!!

馬の方が……。

「……オレの目の前にいるのは人間か？」

「どうしました？」

「もう、いい。寮に戻れ」

ペディックはゲッソリとしてそう言った。パッと見ではペディックの方が罰則を受けた側にしか見えない。

一方リックは、なんだ結局倒れる前に帰してくれるのか。やっぱりペディック教官は優しい。などと呟いていた。

□□□

馬を追いかけてのランニングを終えた翌日。

その日の全ての訓練・座学を終えたリックは資料室の前の廊下でペディックに呼び止められた。

「リック。少し仕事を手伝ってもらう」

とのことである。

資料室に入ったリックに対し、ペディックは言う。

「これから自由時間だというのに悪いなリック」

「いえいえ、日頃よくしてもらってるペディック教官ですし。それで仕事というのは？」

「ああ、普通の書類仕事だ。騎士団学校の教官とはいえど所詮は役人に代わりはなくてなあ。特にこの時期は手を焼く」

　リックはペディックの言葉にウンウンと頷く。

「分かります。新年度は何かとまとめる書類が多いですよね。お手伝いさせてもらいますよ」

「そうか、ではリックには書類仕分けをしてもらおう。なに、難しいものじゃない。提出する役所ごとに書類を分けてもらうだけだ」

「はい、分かりました」

　快くといった様子で手伝いを了承するリック。

「では頼むぞ」

　ドサアと山のような書類がリックの前に置かれた。

　大きな机を埋め尽くすほどだった。誰が見ても生半可な量ではない。

　ふ、かかった。

　ペディックはニヤリと笑う。

量だけではない。この書類はあえて読み間違えやすい癖字で書いてあったりとミスを誘発する様々な細工がしてあるのだ。

そして書類の中には、東方騎士団の本部長である学校長の実印が押されたものも何枚か交ぜてある。もし仕分けを間違えて全く関係のない機関に送られ、何かの拍子に紛失しようものなら大問題になる類の書類である。ミスを見つけたらそのことを口実に徹底的に怒鳴りつけるつもりなのだ。

肉体が強いのなら精神的に攻めるまでである。

（ふふふ、さあせいぜい苦しんで書類とにらめっこをするが）

ヒュンヒュンヒュンヒュン。

「ファッ⁉」

リックの両手が尋常ではないスピードで動いていた。書類の山がみるみるうちに整理されていく。

「よし。終わりましたペディック教官」

あっという間に、一カ所に山のように積んであった書類が整然と十一種類の送り先に分けて並べられていた。

「お、おいおい、適当にやったんじゃないだろうな」

しかし、ペディックがリックの30倍近い時間をかけて確認(かくにん)しても一切(いっさい)ミスはなかった。

「速すぎる……」

「あー、実は前職が事務職でして。あまり手際(てぎわ)のいい方じゃなかったんですけど、書類仕分けだけはなぜか速くてですね」

リックは恥(は)ずかしそうに頭を掻きながら言う。

「かれこれ十年以上いっつも仕分け作業を押しつけられてたら、いつの間にかこれだけは病的に速くなってしまいまして。『書類仕分けの百錬覇王(はおう)』などと言われてました」

「驚くほどかっこよくない異名だな!!」

□□□

書類整理を終えたリックが部屋に戻ると、ヘンリーとガイルがいた。

現在は夜の七時。就寝(しゅうしん)時間である八時まで自由時間となっている。

「あれ。アルク君はどこか行ってるの?」

リックの問いかけに対し。

「ちっ」

ガイルは舌打ちで返した。

「知らねえよ。アイツは自由時間になると一人で部屋出て就寝前まで帰ってこねえんだよ。つか、俺に話しかけるんじゃねえ!!　俺はまだてめえに負けたとは思ってねえからな」

そう言って敵意むき出しでこちらを睨んでくるガイル。初日の訓練を終えてからずっとこの調子である。何か気に障るようなことをしたのだろうか？

リックは肩をすくめてヘンリーに声をかける。

「なあ、ヘンリー」

「ひぃいいいいいいっ!!」

メッチャヤビビられた。

ヘンリーも最初の訓練で助けたときなどはお礼を言ってもらったりしていたのだが、訓練が進むごとにリックを見る目に得体のしれない化け物的な何かに出会ったかのような恐怖が浮かぶようになってきていた。

「すすすすすすす、すみませんすみません!!　生意気にも呼吸とかしちゃってすいません。止めますからどうかお助けください」

今やこの調子である。てか、呼吸止めたら助からないだろ。

「はあ」

と、ため息をつくリック。

せっかく、同じ部屋で寝食を共にすることになった仲間である。どうにかして仲良くやっていきたいものなのだが。

リックは隣の建物にある大浴場に向かう準備をしながら、一緒に風呂でも入って裸の付き合いをすれば、それなりに打ち解けてくれるだろうか？　などと考える。色々あって、結局入学してから一度も同部屋のメンバーと入浴時間が合わないリックであった。

□□□

「……で。どういうことですかな。ペディック教官」

昨晩と同じく、各クラスの担当教官の集まりでBクラスの担当教官が言った。

「先ほど大浴場に入ろうとした彼に訓練の感想を聞いたら『ペディック教官が非常に優しくしてくれるので続けられそうです』などと言っていたようだが。あの歳から騎士を志して訓練に励む姿に感銘でも受けたのですかな？」

「ち、違うのです」

皮肉たっぷりに問われて、ペディックは必死の弁明を試みる。

「あの生徒はなんというか、人間の皮をかぶった何かというか」

しかし一同は、何を言っているんだ？　と、いぶかしげな目をペディックに向けるばかりであった。

そんな中。一人の男が呟くように言った。

「ふむ。これでは東方騎士団学校のメンツが立ちませんねえ。何より他（ほか）の生徒たちにつけあがられてしまうのは困ります。我々は厳しさをもって教官の言うことは絶対であると生徒たちの心骨に刻み込んでやらなくてはなりませんからなあ」

その男を見てペディックが冷や汗を流す。

「ワイト主任教官……」

ワイト・ヴィーダーズ。騎士団学校内でも学校長に次ぐ古参であり、各クラスの担当教官をまとめる主任教官の立場に就く男である。長身と細長い手足と細目が爬虫類（はちゅうるい）じみた雰囲気（ふんいき）を漂（ただよ）わせていた。

ワイトはその細目をまるで獲物（えもの）を見つけたかのようにさらに細めて言う。

「ペディック教官。明日一日、アナタのクラスをワタクシに預けてください。ワタクシ自らキッチリと面倒（めんどう）を見てあげることにします」

そう言ってワイトは口元を歪（ゆが）めるのだった。

□□□

教官たちが明日のリックたちの訓練について不穏な話し合いをしている最中。

リックのルームメイトの一人であるアルク・リグレットは学校長室にいた。

中央に置かれたテーブルに学校長と向かい合って座っている。

アルクの手がテーブルの上に置かれたチェス盤の上に伸びた。

「チェックメイトです」

澄んだ声が響く。

「おお、これはこれはまた負けてしまいましたね」

そう言って頭をかく学校長。

「しかし、いつも済まないねえアルク君。こんな老いぼれにチェスの相手なんかさせて」

「いえ、こちらこそ。この学校に入れたのも学校長のおかげです」

アルクは言う。

「それに、こうして特別に時間をずらしてもらってるわけですからね」

「ははは、気にしないでくださいよ。アナタの才能には期待しているんですから。ぜひ首席の座を射止めてください」

「はい」

アルクは深く頷いた。

第三話　特別授業

翌日の授業。校庭に集合するＡクラスの面々にペディック教官は言う。

「今から貴様らＡクラスには主任教官による特別授業を受けてもらう!!」

「初めましてぇ皆さん。ワタクシが特別メニューを行うワイト・ヴィーダーズ一等騎士です」

ワイトの自己紹介にざわつくＡクラスの面々。

致し方ないことである。一等騎士は騎士団という組織の実質的な最高ランクであり、教官たちの中でもワイトを含め数名しかない。これから自分たちが騎士団員として積み上げていくキャリアの最終目標とも言える存在なのである。

その様子を見てワイトはほくそ笑んだ。

大変に気分がいい。自らの肩書きを語った時に学生たちがする反応は、何度見ても愉快極まりないものだった。

ワイトは耳に絡みつくように間延びした声で言う。

「えー、今からですねえ、皆さんにワタクシを相手に実戦訓練をしてもらおうかと思いましてねえ」

「そういうことだ。一等騎士であらせられるワイト主任教官が特別に貴様等に実戦形式で手ほどきをしてくださる。感謝しろよ」

　再びざわつくＡクラスの面々。

「では、さっそく始めましょうかあ。そうですねえ。じゃあまずは５０４班、前に出てきてください」

　ワイトの指示に従って四人の生徒が立ち上がる。その内の一人、年齢的に一人だけ浮いている男、リック・グラディアートルは「あれ？　番号順じゃないのか。それにしても何で俺たちから？」などと呟いていた。

「クククク」

　ワイトの口から笑いが漏れる。

　彼の選んだ手段は単純なものだった。一等騎士である自らの実力をもって実戦形式の訓練で特別強化対象を皆が見ている前で徹底的に痛めつけるのである。

　本人に耐え難い恥辱と肉体的ダメージを与えることができる上に、他の学生たちにも教官という存在への恐怖を植え付けることができる。単純ながらまさに一挙両得の作戦である。

「では。まずは、二十七番のガイル・ドルムント君ですか。前に出てきてください」

まずは、同部屋の他の三人から痛めつけていく。ルームメイトが苦しむ様を見ながら、自分の番が回ってくる恐怖を存分に味わうといい。

「しゃあ!! 行ってくるぜ」

ガイルという体の大きい生徒は元気よく自らの胸をドンと叩いて、ワイトの前に立つ。

そして、ペディックから渡された訓練用の刃の無い剣を渡される。

「今回はお互いに訓練用の剣を使って行います。ワタクシがよしと言うまで自由に打ち込んできてかまいません」

ワイトも自らの剣を構える。

両者が構えたのを見てペディックが言う。

「では……始め!!」

「でりゃああああああああああああ!!」

開始と同時にガイルは思いっきり剣を上段から振り下ろしてきた。

（ふふふ、猪突猛進の体力バカですか。まだ『強化魔法』はおろか『身体操作』すらロクに使えないくせに愚かなことですねえ）

ワイトは自らの両腕と剣に魔力を流し強化を施す。細身の自分に自慢の腕力をはじき返され、絶望する姿が目に浮かぶようである。

ガチィィィイン!!

と、両者の剣が衝突した。

「ちっ、受け止められた。『強化魔法』って奴か!!」

「ほお」

感心したような声を上げるワイト。

一切強化を施していない状態でこれほどの威力。さすがに強化を施した自分には及ばないが、単純に腕力だけで言えば教官たちですら上回るだろう。なるほど皆が今年は当たり年だと言ったのも頷ける。

(大した体力的な資質ですねえ。仕方ありません、スタミナが尽きるまで適当に攻撃をあしらって、体力が尽きてからゆっくりいたぶることにしますか)

しかし、次の瞬間。

「だらああああああああああああああああああああああああ!!」

ガイルが咆哮と共に剣にさらなる力を込める。

「⁉」

ギリギリと押し返されていくワイトの剣。

「くっ‼　強化魔法、『剛拳』『物質硬化』‼」

とっさに自らの腕力を瞬間的に何倍にも増幅するものと物質の強度を向上させる二種類の強化魔法を使うワイト。

バキン。という音と共にガイルの剣が折れた。

ワイトの剣はガイルの剣をへし折った勢いそのまま、訓練用として刃が研がれていない刀身をガイルの胴体に叩きつける。

「ごふうっ‼」

うめき声と共に、ガイルの体が15ｍほど吹き飛んだ。

「ぐっ、クソ……」

ガクリとそのまま地面に倒れ伏すガイル。

さすがの一等騎士と周囲から歓声が上がるが、ワイトにはその称賛を楽しむ余裕はなかった。

驚いた。

予想を遥かに上回る豪腕である。思わず痛めつける前に全力で反撃してしまった。

すぐに倒してしまっては、そこまで見ている人間の恐怖を煽ることができない。次こそはしっかりといたぶってやらねば。

「次、二十八番アルク・リグレット」

ペディックの指示に従い、ワイトの前に立ったのは少女とみまごうような美形の少年だった。

アレは確か、今年の首席合格生である。どれ、いったいどれほどの手並みか。

「始め!!」

ペディックの声が響く。

「……」

「……」

半身で剣を構えたままワイトの動きを窺ってくるアルク。なるほど、さきほどの大男とは違い冷静に戦いを進めることができるようだ。

十秒ほどの静寂が過ぎた後だった。

アルクの体に魔力が循環するのをワイトは感じ取った。

(来る!)

身体強化を施したアルクの足が、地面を蹴り加速する。

「は、速い!!」

『身体操作』を使ったスピードだけで言えば一等騎士のレベルとほぼ同等である。

素早くかつしなやかな動きから繰り出されるアルクの袈裟切り。

ワイトはそれを間一髪で受け止める。

(くっ!! だが剣撃の重さ自体は先ほどの生徒よりも遥かに軽い)

ワイトはアルクの剣を上に弾くと、弾いた自分の剣をそのままアルクに向かって振り下ろす。

しかし、アルクは再び体を加速させワイトから遠ざかる。

空を切るワイトの剣。

その隙に再びこちらに向かって切りかかってくるアルク。

ワイトは大きく飛び退いて距離をとった。

しかし、アルクは間髪容れずに再び体内に魔力を循環させ、こちらに向かってくる。

まともな訓練をされていない人間が、全力での身体強化をこれほど連続で行えば、普通はあっという間に魔力欠乏症になるものだが、アルクは全くその様子がなかった。

そういえばこの生徒は魔力量の測定で第一光級を叩き出していたことを思い出す。魔力量だけで言えばすでに一流の領域なのである。

ワイトは思わず剣を持っていない左手をアルクに向けた。

「西方の疾風、草原の獅子を穿て、第三界級魔法『エアロ・ブラスト』!!」

ワイトの左手から圧縮された空気が砲弾のように猛スピードで放たれる。

「くっ……」

さすがのアルクもこれをかわすことも防ぎきることもできず、なす手段なく吹き飛ばされて地面に倒れ伏した。

再び驚嘆の声が周囲から上がる。第三界級魔法の略式詠唱を使いこなしたワイトに対しての歓声である。

しかし、当然ながら当のワイト自身にはそんなことを気にできる余裕はなかった。

(どうなっているのですか……今年の生徒は)

油断したら一瞬で持っていかれるレベルであった。まさか、生徒相手に界級魔法を使う羽目になるとは夢にも思わなかったのである。

「まずいですねえ……」

小さくそう呟いたワイト。

思った通りに痛めつけることができず焦り出していた。昨日、ペディックたち教官を前に自分がやると言ってしまった手前、半端で終わらせてしまっては立つ瀬がない。

しかし、そんなワイトの前に。

「では、次二十九番。ヘンリー・フォルストフィア」

「は、はい」

前髪(まえがみ)の長い気弱そうな少年が立った。訓練用の剣をいかにも重そうに持つその姿を見て、ワイトはニヤリと笑った。

……容易(たやす)い。

□□□

「それでは、両者構えて……始め!!」

ペディックの言葉と共にヘンリーは剣を相手に向ける。

その様子を見てワイトはほくそ笑む。

何ともひどい構えだった。素早く次の動きに移れない素人(しろうと)丸出しの構えなのはもちろん、凄(すさ)まじいへっぴり腰(ごし)だし足がガタガタと震(ふる)えている。先ほどまでの二人はおそらく喧嘩(けんか)慣れしていたのか、そのあたりの戦う姿勢はきっちりとできていた。

……何とも容易い。本当に。

「さあ、どうしたのですかヘンリー君、でしたっけ？　これは訓練なんですから遠慮せずに打ち込んできなさい」

「そ、そんなこと言われても……」

「どうしたヘンリー。ワイト教官が早くしろとおっしゃっているぞ」

ペディックの怒鳴り声を受けて、ビクリと体を震わせるヘンリー。

「は、はい、す、すみません」

そう言って、重そうに訓練用の剣を振り上げてワイトに切りかかるヘンリー。

「遅いですねえ！」

しかし、ワイトはそれを楽々かわすとヘンリーの横っ腹に刀身を叩きつける。

「ぐっ」

床を転がりうずくまるヘンリー。

「ま、参りました……」

「おやおや、なにを言っているのですか？　これはワタクシがいいと言うまで続く訓練ですよ。さあ、早く立ちなさい」

「そ、そんなぁ」

「さあ、早く立つのです!!」

□□□

アレは訓練なんかじゃねえ。

ガイル・ドルムントは先ほど教官の訓練用の剣で殴られた腹部を押さえて、内心そう思っていた。

（クソッ、まだズキズキ痛みやがる）

ガイルは正式な戦闘訓練を受けてはいないが、喧嘩だけは人並み以上にこなしている人間である。だから分かるのだ。ワイトの打ち込みから伝わる明確な悪意が。相手をいたぶろうとする嗜虐心が。

そして、実際に目の前でルームメイトがその悪意をモロに受けている。

「ぐうぅ」

再び床を転がされるヘンリー。

「どうしましたぁ!?　さあ、もう一回です」

ニマニマと嗜虐的な笑みを浮かべるワイト。

ヘンリーはすでに涙を流しながらワイトのしごきを受けていた。

ガイルは自分が日頃から言っていた言葉を思い出す。

『がははは、なーに、なんかあったらお前たち舎弟は俺が守ってやるぜ、がはははははは』

その言葉に嘘はないつもりであった。実際にリーダーを務める地元の不良グループでは、メンバーに何かあれば舎弟たちと共にすぐさま駆けつけ、相手を叩きのめすことも何度もあった。

だが、今の相手は教官である。しかも、主任教官。加えて実力は向こうの方が遥かに上。

「くっ……」

ドルムント領の番長、ガイルは歯ぎしりをすることしかできなかった。

□□□

一方、リックはワイトがヘンリーを痛めつける様を見てウンウンと頷いていた。

(ようやく訓練らしい訓練になってきたなあ。こうやって絶対に勝てない相手にメッタメタに叩きのめされて自分の実力と上のレベルを知るわけだ。もっとも俺の場合は本当に勝てるまで入り口ふさがれてたけど……)

ようやく今日からが本番ということだろう。

「頑張れヘンリー!!」

□□□

そうだ、こうでないといけない。

ワイトはフラフラになりながら切りかかってきたヘンリーの剣をかわして、足払いをする。

「うぅ……」

「ははは、どうしましたあ!? まだワタクシに一撃も当てられていませんよおぉ?」

苦しむ訓練相手、それを見て恐怖を覚える周囲の生徒たち。

これこそが東方騎士団学校の伝統、あるべき姿である。

教官の言うことは絶対、教官に逆らってはならない、教官を畏怖し敬う。そしてその教官たちをまとめる立場にある主任教官の自分は、神に等しい存在なのだ。

ヘンリーが呻くような声で言う。

「……もう、体が動かな――」

「黙りなさい!! このヘタレが。騎士たるもの甘えは許されません、さあ立つのです!!」

サディスティックな高揚に歯止めが利かなかった。

□□□

「はあ、はあ、も、もうやめてください……」

辛うじて剣から手は離していないが、横向けに倒れたヘンリーは涙と鼻水と出血でくしゃくしゃになった顔でそう懇願した。

かれこれ十分間以上。一方的に剣で打たれ続けている。ヘンリーが情けないのではなく、普通は誰でも音を上げる仕打ちである。

「ははは」

しかし、その姿は今のワイトにとって嗜虐心を煽る材料に過ぎない。

ワイトは床に転がるヘンリーの腹を、つま先で蹴り飛ばす。

「うぐぅ」

そして。

その様子を見ていたリックがようやく気づく。

「……」

あれ、なんかおかしくないか？

リック自身もあれくらい、いや、あれ以上にボロボロになることがあった（むしろそんなことばっかりだった）。

しかしである。ヘンリーはもう精神うんぬんの前に物理的に動けないほど疲弊（ひへい）しているのだ。そんな状態で一方的に攻撃されていることに意味があるだろうか？

自分がブロストンにされたように、動けなくなった時点でヒーリングをかけるべきなのでは？

これが騎士団（きしだん）学校の厳しさというやつなのだろうか。

……いや、違う。

これは厳しさじゃない。

ワイトが起きあがれないヘンリーの顔面に向けて、剣を振り下ろそうとする。

「どおしましたあああ、教官が立てと言ったら根性（こんじょう）を見せて立つんですよおおおおおおお!!」

しかし、その剣は途中（とちゅう）でピタリと止まった。なぜなら。

「邪魔（じゃま）ですよ、リック・グラディアートル六等騎士」

ヘンリーとワイトの間にリックが立ちはだかったからである。

リックはワイトをまっすぐと見据えて言う。

「中断してヒーリングをかけてやってください。これ以上続けても意味がありません」

「黙りなさい。この程度で音を上げるような根性は叩き直さなくてはなりません。なにより教官の言うことは絶対です。生徒は黙って言われたとおりに」

「それは教官の言うことが本人のためになる時に限った話だ。確かにこのくらいの訓練で音を上げるのがよくないと言うのも分かる。俺もこれより遥かにキツいことをやってきた経験があるからな」

リックはこの二年間を思い出す。辛いことばかりだった、苦しい訓練ばかりだった。パーティの化け物たちに非人道的な地獄を毎日経験させられた。

だが。

それでも。

先輩たちは確実に自分のことを思ってくれていた、という確信がある。

少しでも自分を強くしようと、考えていてくれたと断言できる。

だから自分は先輩たちを恐れ半分恨みながらも、どうしようもないくらい感謝しているのだ。

しかし、目の前の教官からはそれを微塵も感じない。

「これ以上ヒーリングをせずに訓練を続けることに何一つ価値はない。俺にはアンタが痛めつけることを楽しんでるだけにしか見えなかったぞ」

「ほう、生意気をぬかしますねえ。では、アナタが代わりに訓練を受けますかぁ？」

「それで、ヘンリーの訓練を中止してくれるならな」

「ふっ、よろしい。ただ、こんなことをした以上、単なる訓練だけで済むと思わないことですねえ」

リックの言葉を聞いてワイトはしめたとばかりに、口元を歪める。

「闘技場まで来なさい。東方騎士団学校伝統の決闘方式でアナタに騎士のなんたるかを教えて差し上げます」

□□□

騎士団学校第一闘技場に移動したリックとワイトは、中央で向かい合っていた。

ワイトが言う。

「これは、『ランスロット・グラディエート』という東方騎士団学校伝統の決闘方法です」

闘技場の地面には様々な武器が散らばっていた。ソード、ランス、レイピア、モーニングスター、シールド、アックス、武器の見本市のようである。

「この中からお互い自由に武器を拾い、勝負をするわけです」

「なるほど」

「ちなみに、先ほどと違って刃はしっかり研いでありますよお。ヒーラーを用意はしてありますが、あまりにひどいとそのまま死んでしまいますから気をつけてくださいねえ、フフフフ」

ワイトはほくそ笑みながら、闘技場に設置されている観覧席に目をやる。

それなりの人数がワイトたちの戦いを見に来ていた。Aクラスの人間だけでなく、ちょうど一日の授業を終えた他のクラスの生徒もちらほらと目に付く。

計画通り。全て計画通り。

いや、計画以上である。

当初のように授業の模擬戦で痛めつけるだけではリックの醜態を目にするのはAクラスの生徒だけである。しかし、ここまで多くの人間に見られている中で行えば、リックが受けるダメージも生徒への恐怖の植え付けも効果が倍増する。

あとは、目の前の身の程しらずをいたぶるばかりである。

「では、始めましょう」

ワイトは後方に走ると、ランスを手に取る。

ランスはワイトがもっとも得意とする武器である。しかも、このランスだけは他の金属製の武器と違い、事前に強化ミスリル製の素材に変えてある。

ワイトは初めから少し動けばこの武器に手が届く位置に陣取っていた。確実に勝つためには手段を選ばないし、それを恥じる気など毛頭ない。

一方リックは、一番手近にあった剣を地面から引き抜いた。

闘技場に散らばる武器の中でも一際大きな、人の身の丈ほどもある大剣であった。

□□□

「いやー、しかし、クソみたいなところだけど、給料だけはなかなかのものですねー」

「ははは、あんまり大きな声で言うものじゃないよ」

同時刻、警備部隊隊長にして一等騎士のシルヴィスター・エルセルニアは部下であるレオ・グラシアル分隊長と廊下を歩いていた。

レオ分隊長は手に貨幣の入った袋を持ち、ほくほく顔である。本日は給料日であった。

ジャラジャラと袋の中から聞こえてくる音を楽しみながら、何に使おうかと胸を躍らせている様子である。

　レオ分隊長がシルヴィスターに言う。

「隊長も今夜は町に降りてぱーっと行きましょうよ!!　この前すっげえかわいい子がいる店見つけたんすよ」

　シルヴィスターはやれやれと肩をすくめる。

「僕(ぼく)は遠慮しとくよ。明日も仕事があるからね。というか君も仕事あるだろう」

「相変わらず堅いなーシルヴィスター隊長は、金はあるうちに使わないとダメっすよー」

「そういうレオ分隊長は散財には注意しないとね。馬が好きといっても、給料のほとんどをつぎ込んで部下から借りる羽目になるのは感心しないなあ」

「ははは、それを言われると返す言葉がありませんねー」

　そんなことを話しながらシルヴィスターたちが歩いていると、廊下の向かい側からはやし立てるような声が聞こえてくる。

「さあさあ、賭(か)けた賭けたあ。今から騎士団学校伝統の決闘方式でワイト教官が生徒と模擬戦をするよー」

　まるで競(せ)りをやっている商人のような声でそんなことを言うのは、東方騎士団学校の職員、会計を始めとした事務を任されている人間である。

騎士団の組織の中で堂々と賭けを行うなど本来言語道断なはずだが、娯楽の少ない中で許された数少ない遊びとして、東方騎士団学校では決闘の勝敗をギャンブルにすることを暗黙の了解にしていた。これもまた、伝統というものだろう。

見習いとはいえ騎士である以上は学生たちにも給料が出る。しかも、学校に寝泊まりしているため使う機会もなかなかない。そうやって娯楽を提供しつつ学生たちの余った金を元締めの職員や教官たちが吸い上げるシステムである。

「腐ってるなあ」

シルヴィスターは心の底からそう呟く。

そんなシルヴィスターの心中は気にせず、元締めの職員は声をかけてくる。

「お、そこの警備部隊の皆さん。どうですか？　一口銅貨一枚から」

「へえ、面白そうっすね。隊長どっちに賭けます？」

レオ分隊長の言葉にシルヴィスターは苦笑いする。この男の浪費癖はもっと痛い目を見ない限り直るまいと首を横に振った。

その時、シルヴィスターの隣から女性の声が聞こえてくる。

「教官と生徒ではまともな賭けにはならないでしょう。しかも、教官側は一等騎士のワイト主任教官だそうじゃないですか」

そこにいたのは騎士団学校の常駐医師であるジュリアだった。

「おや、ジュリア女医も賭事に興味がありますか？」

ジュリアも本日が給料日だったらしく手に貨幣の入った袋を持っている。

「いえ、私は別に。急に試合後の治療のために呼び出されたところなんですよ。これから闘技場に向かいます」

「そうですか。あ、ほんとだオッズひどいな」

ワイト教官１・０１倍、生徒１００倍という凄まじい比率になっていた。

まあ、さすがに一等騎士の教官と入学したばかりの生徒では結果は見えているというものである。大穴ねらいの大好きなレオ分隊長も「ちっ、面白くねえなあ」とワイト教官に賭けようとしている。

ジュリアが呟くように言う。

「でもヘンですね。授業で模擬戦が始まる時期はまだ先のはずですが」

答えたのは元締めの職員だった。

「ああ、それなんですが。どうも生徒の一人が教官に喧嘩を売ったらしくてですね。ワイト教官からしたら見せしめってことなんでしょうなあ」

ほう、と感心するシルヴィスター。

「なかなか、気合いの入った生徒もいるもんだね。僕なんて見習い時代は教官が怖くて隅っこでずっと隠れてたよ」

「ははは、その年で一等騎士の天才様が何を言うんですか。気になるなら、ほら、すぐそこでやってますよ」

シルヴィスターが元締めの職員が指さした方を見ると、本当にすぐ近くに第一闘技場があった。第一闘技場は壁が低いので、ここからでも中央に立っている二人が見える。

一人はワイト主任教官。今日も今日とてあの爬虫類じみた嫌らしい笑みを浮かべて、手にはランスを持っている。

そして、その対戦相手である生徒は……

「ん？」

シルヴィスターはその姿を二度見する。

パッと見は普通の冴えないオッサンである。だが、シルヴィスターにとってはなんと言うか、もの凄く印象に残っている顔であった。

あの男は確か、少し前に行われた「とあるEランク冒険者昇級試験」の会場で……

「…………」

シルヴィスターはスタスタと元締めの職員の前に歩いていく。

「僕も賭けさせてもらっていいかな？」

「ええ、もちろんいいですとも。やはりワイト教官に賭けますか？」

「いや、生徒の方に賭けさせてもらうよ」

「お？　隊長、どうしたんすか急に乗り気になって？　しかも大穴ねらいなんてらしくな」

「ではよろしく」

ジャラリ。

とシルヴィスターは今月分の給料が入った皮袋を、そのまま台の上に置いた。

「ちょ、なにやってんすか!!!?」

レオ分隊長の叫び声が廊下に木霊する。

元締めの職員も目をパチパチとさせて固まってしまった。

そして、女医のジュリアも闘技場に立っているワイトの対戦相手を確認する。

あの生徒であった。魔力測定でとんでもないことをやらかしたあの最年長生徒である。

ジュリアは無言のままカツカツと元締めの職員の目の前まで歩いてきて。

「私も生徒の方にお願いね」

やはり、給料袋をそっくりそのまま台の上に置いた。

元締めはしばらく唖然としていたが、なんとか声を絞り出して言う。

「……い、いいんですかいお二人とも」

「いいよ」

「もちろんです」

「ちょ、ちょっと待ちましょうよ二人とも!!」

慌てて止めに入ったのはレオ分隊長である。

「急にどうしちゃったんですか二人とも、ワイト教官は伝統派で確かに現場経験は無いですけど、それでも一等騎士ですよ!?　普通の団員が四人がかりでも歯が立ちませんて」

しかし、シルヴィスターはレオ分隊長の言葉など耳に入っていないかのように言う。

「そうだ、今手持ちはこれしかないんだが、この剣を担保に貯金してある全財産金貨３００枚分を追加で賭けるよ」

そう言って、シルヴィスターは腰に下げている自らの剣を台の上に置いた。

「いやいやいやいや、それ王家から賜った特一級強化儀礼宝剣じゃないですか!!　早まらないでくださいよ!!」

悲鳴のような声を出しながら、シルヴィスターを何とか思いとどまらせようとするレオ分隊長。

元締めの職員は笑いが止まらんとばかりにニヤニヤしながら言う。

「へっへっへっ。もう取り消せませんからね」

ジュリアが言う。

「あー、私も担保にできる物があればよかったんですけど。惜しいです」

「手元にあってラッキーだったよ」

「アンタらホント何考えてんのおおおおおおおおおおおおおおおおおお!!」

暢気にそんなことを話す二人を見てレオ分隊長が絶叫した。

□□□

ワイト主任教官はランスを構えながらリックを見て言う。

「ほう、その大剣を使いますか？　しかし、アナタに使いこなせますかねぇ。教官として忠告させてもらいますが、武器はデカければいいというものではないですよお？」

ワイトはそう言うとランスを使った演武を始める。

正面の虚空に向けて三回突き、素早く槍を回して薙払いの動作、さらに素早く持ち替え逆手の状態で後方と左右に鋭い突きを放った。

見物人たちから歓声が上がる。さすがの一等騎士、洗練された槍捌(さば)きである。

ワイトはランスで肩(かた)をトントンと叩きながら言う。

「他(ほか)の武器にした方がいいんじゃないですかあ？　まともに振ることもできなそうですし」

リックが持っているのは身の丈以上もある大剣である。大男でもまともに振り回(まわ)すことは困難であろう代物(しろもの)だ。

「大きなお世話だな。この程度が振れないほど柔(やわ)な鍛(きた)え方(かた)はしてない」

リックはそう言うと、片手で大剣を軽々と振りかぶる。

「ほう……」

ワイトは思わず唸(うな)った。見物人からも歓声が上がる。

なかなかの膂力(りょりょく)である。

リックは先ほどのワイトの演武のお返しとばかりに、そのまま虚空に向けて素振りをする。

「ふっ！」

スポッ。

ヒュー。

リックの大剣が勢いよく空中に向かって飛んでいった。

「……」

「……」

「「……」」

観客も含めたその場の全員に気まずい沈黙が流れる。

当のリックは「あー、やっぱり道具使うのだけは絶望的にセンス無いなあ。死んでも妥協しないブロストンさんに、一日で武器使うのを諦めさせたくらいだしなあ……」などと言っている。

リックはハアとため息をついて、両手を前に出して構えをとる。

それを見たワイトの顔に嘲笑が浮かぶ。

「はははははは、素手でランスを持った私に挑みますかあ？　どこまでも教官を舐めてますねえ」

ワイトは槍を正面に構えてリックに向かって駆け出した。

「その舐めた根性を、しっかりと教育してあげますよお」

□□□

「ああああああー、あの生徒、素手でやる気っすよ!!　何考えてんだああああああああああああああああああああ!!」

闘技場が見える廊下ではレオ分隊長が頭を抱えて絶叫していた。

教官側に賭けようとしていた彼がなぜ、こんなにも慌てているのか？

理由は簡単で、あの後すぐ自信満々の二人に乗っかる形で、レオ分隊長自身も給料全額をリックに賭けてしまったのである。

「ハハハハハハハハ、もう取り消せませんからねえ！」

元締めは、もはや腹を抱えて笑い出しそうな様子であった。

しかし、シルヴィスターとジュリアはのほほんとした様子で話している。

「いやあ、しかし今日は本当についてるなあ」

「そうですねえ」

「こんな日くらいは、明日が仕事でも遊んでいいかもしれないね。ジュリア女医もどうですか？　部下がいい店を知ってるらしいんですよ」

「じゃあ、お言葉に甘えさせてもらおうかしら」

「ホントなんでそんな暢気に話してられるんですかーーーーー!!」

□□□

「さあ、いきますよお！」

ワイトはランスを構えて駆けだした。

身体強化を施したワイトの肉体は、野生動物のように素早く疾駆する。

あっという間にリックに詰め寄り、槍による三連突き。

腹部と両足に向けて放たれた素早い突きを、リックは僅かに右に動いて紙一重でかわす。

突進の勢い余って、つんのめりかけるワイトだったが。

「甘いですねえ。強化魔法『転体』」

ワイトがそう唱えた瞬間、その体が一瞬にして左に90度向き直る。

『転体』は体の向きを変える筋肉だけを魔力で強制的に収縮させる強化魔法である。素早く使用することができれば、接近戦において高い効果を発揮する。何せ通常ではあり得ない状態からでも、体の向きを３６０度どこにでも回転させることができるのである。

この魔法を使いこなせる者に、回り込まれるという現象は存在しない。

ワイトは回転した勢いそのままにランスを横に薙ぐ。

命中。

ワイトはニヤリと笑いながら、一度バックステップをして距離をとった。

「ふふふ、ランスの先で上着を切り裂くにとどまりましたか。命拾いしましたねえ。しかし、今のは7割ほどの力とスピードを出しただけ。それでこのザマでは勝負は見えているというものですねえ」

リックは破れた自分の服を、見ながら言う。

「別にあたりかけたわけじゃねえよ。アンタの太刀筋を見るために、あえて最小限の動きでかわしただけだ」

「ふん、強がりだけは一丁前のようですねえ」

□□□

「だめだぁ……もうだめだあ……」

レオは膝をついて悲嘆に暮れながら、自らの悪癖を呪った。

ああ、もう今日限りギャンブルは止めよう。

思えば貴重な人生の時間と金を無駄に消費してきた。これからは真面目に生きるのだ。

貯金をしてマイホームを建てて、今つき合っている町の娘にプロポーズして一緒に暮らすのだ。

そうそう、子供には好きなことをさせてあげられるだけのお金を用意しておこう。あと、老後のために王国が運用している年金にも加入して……

「ジュリア女医はお酒いける口ですか？」

「実は結構飲む方ですよぉ」

「へえ、それは楽しみですねえ」

そして、相変わらず暢気な上司と女医であった。

シルヴィスターはやれやれと言った様子で言う。

「それにしても、レオ分隊長は心配性だなあ」

「こんな結果の見えた賭けの大穴に全財産突っ込んで平然としてられるシルヴィスター部隊長がどうかしてるんですよ……」

「結果が見えてる、か。まあ、その通りだね。そうだなあ……じゃあ、レオ分隊長。何か一つおかしいことに気づかないかい？」

「……おかしなこと？」

「うん」

「いや、特には。強いて言うならあの生徒は武器を使うセンスが絶望的に無いとしか」

そこで、レオ分隊長はあることに気づく。

「ちょっと待てよ、そういえば……さっき上にすっぽ抜けた剣、いつになったら落ちてくるんだ？」

□□□

さて、場所は大きく変わり。

騎士団学校から南西方向に遠く遠く離れたとある異国の村。

そこは、惨劇の真っ直中にあった。


「クリムゾンスネークだあああああああああ!!!」

ついさっきまで、農民たちが勤労に汗を流し、子供たちが笑いながら遊び、動物たちが穏やかな鳴き声を上げていた牧歌的な村は地獄と化していた。

原因は突如村に現れた上級モンスター、クリムゾンスネークである。

全長２００ｍを超える巨大な体、獲物を締め上げる力は石造りの建物を粉々に砕くほど強力、そして全身に纏う強靱な鱗は小さな村のもつ戦力では到底打ち破れるモノではなかった。

「ちくしょー、ダメだもう逃げるしかねえ」

「ママー!!」

「くそお、俺の、俺たちの家がぁ!!」

ただひたすら絶望し、逃げまどう人々。

クリムゾンスネークは最強種であるドラゴンと同じく、災害認定されているモンスターである。

いや、ともすればドラゴンよりも遥かに質が悪い。

最も忌諱すべきはその獰猛性と食欲である。ひとたびクリムゾンスネークの標的になったが最後、村一つを羽虫の一匹に至るまで食い尽くすまでその食事は終わらないのである。

だから、もはや、この村の運命は決まっていた。

「ああ……神様、なぜ我々に……このような仕打ちを……」

村の小さな教会に勤めていた修道女は絶望し、逃げる足を止めて胸の前に手を当てて膝をついてしまっていた。クリムゾンスネークは恐ろしくスピードが速く、獲物に対する執着が強い。どのみち誰一人として逃れることはできないだろう。

いったい、我々が何をしたというのか？

と、修道女は思う。

村の人々は善良だった。犯罪も滅多に起こらないし、多少のもめ事があっても修道女が少し仲裁すれば、お互いに妥協点を見つけあって次の日には仲良く酒場で酒を酌み交わしているような人々だった。

そして、修道女も自分の仕事に手を抜いた覚えはなかった。かかさず祈りを捧げ、神に敬虔に謙虚に。

恥じるような行為は極力慎んで生きてきた。

なのになぜ……

修道女の目の前にクリムゾンスネークの巨体が現れる。その大口が開かれ丸飲みにしようと迫ってくる。

「……いやぁ」

修道女は一瞬だけ、四歳の頃に聖典の言葉を聞いてから十五年、初めて自らの信仰心が揺らぐのを感じた。

その時だった。

空に一筋の光が射した気がした。

次の瞬間。

ズジャアァ!!!!!!!!!!!!

と、クリムゾンスネークの頭部を空から飛来した『何か』が串刺しにした。

一瞬うめき声を上げたあと、村を襲った災害は動かなくなる。

即死である。

そこにあったのは一振りの剣。

人の身の丈ほどもある大剣が、突如空から降ってきたのである。

「おお、神よ……」

修道女は目の前で起きた奇跡に、感涙し深く深く頭を下げた。

ああ、神は確かにいた。

私たちのことを見守っていてくださったのだ。

修道女だけではない、逃げまどっていた村人たちはクリムゾンスネークを貫いたその大剣に向かって次々に平伏し、神に感謝を捧げた。

大剣はその後、数百年に渡り『聖剣グレイスカリバー』と名付けられ教会の奥に秘蔵されることになる。

だが、柄の部分に彼らの国とは違う言語で『騎士団学校、備品』と書かれていることに気づく者は残念ながらその場にはいなかった。

□□□

そして、場所はまた騎士団学校に戻り。

「それにしても、嘆かわしいですねえ。アナタのような人間が我々騎士団に入ろうなどと」

ワイト教官は手の中でランスをくるくると回しながらそう言った。

リックは眉をひそめて聞き返す。

「ん？　俺が騎士を目指して何か悪いのか」

「ははははは、自覚がないのですかぁ⁉」

そう言うとワイトはおもむろに自らの上着を脱ぎだした。

「これを見なさい‼」

上着の下から現れた上半身を見て、見物人の生徒たちからざわめきが起こる。

「我々騎士は王国における警察警備を司るもの。暴漢の鎮圧や軍事行為、常日頃から現場での実戦に備え自らを高めておくことが必須なのです」

手足が長いためやや細身に見えたワイトだったが、その肉体は十分に鍛え上げられていた。

まあ、実のところ。ワイトは『伝統派』の人間であり、今まで一度も現場に出たことなどないしこれから出る気も毛頭無い。肉体を鍛えているのは騎士団の任務のためなどでは決してなく、生徒たちを実戦訓練で痛めつけて楽しむためである。だが、そんなことは棚の最上段に放り投げて話を続ける。

「それを魔力も鍛えられない三十二歳から入団して、剣のセンスも壊滅的ときている。見苦しいんですよねえ、アナタのような身の程をわきまえてない無謀な人間は」

「ふーん。あー、この服ヒラヒラして邪魔だな。よいしょっと」

リックは先ほどワイトのランスで破られた上着を脱ぎ始める。

「アナタの前に戦った生徒も同じです、ひ弱な自分でもここに来れば変われるとでも思ってるんで」

そして、今度はリックの上半身が露わになる。


「……ジーザス」

それを見たワイト主任教官は、目を見開いて口をあんぐりと開けてしまう。

一見、やや鍛えられていそうではあるが、中肉中背の範疇に見えたリックの体。しかし、上着の下から現れたその肉体は尋常なものではなかった。決して大きな筋肉がついているわけではない。だが、その質が異常であることは誰が見ても明らかだった。

まるで鋼鉄の繊維を極限まで綿密に束ねたかのような筋肉が、上半身の前面背面側面を問わず完璧なバランスで敷き詰められているのである。

観客は先ほどのワイトの肉体を見たときとは正反対で、完全に静まりかえっていた。人間は理解の範疇を越えたモノを目にしたとき、沈黙してしまうものである。

いったい、何をどう鍛えたらそんな体になるというのか……

誰一人としてその疑問に対して、答えを想像できる者は存在しなかった。

「……お、おお、おおお」

「さあ、続きを始めよう。ワイト主任教官」

リックが両手をポキポキとならしながらワイトに向かって歩いていく。

「お、おわあああああああああああああああああ!!」

ワイトは悲鳴のような叫び声を上げながら、リックにランスを向けて突進する。

強化魔法の『瞬脚』を発動。先ほどまでとは比べものにならない速度で走り、勢いそのままリックの左胸に先端を突き立てる。

もはや、相手の生死など気にしている余裕は無かった。一心不乱の全力の刺突である。

リックは回避も防御もしようとせずその一撃を受けた。

次の瞬間。

ガシッイイイイイイイイイ！

という金属同士がぶつかったかのような音が響いた。

「なん……だと……!?」

ワイトは目の前の光景が信じられないというように、目をパチパチとさせる。

ランスは確かにリックの左胸を捉えていた。

しかし、リックの皮膚から先に全くランスの先端が進まないのである。生身の人間の体にもかかわらず、まるで鋼鉄の固まりにランスを突き立てたかのように、どうにもならない手応えが手に跳ね返ってきたのだ。

いや、鋼鉄どころではない。今ワイトが使っているのは、鉄の盾を容易く貫くミスリル製のランスである。それが全く歯が立たないのだ。

その堅牢さは、もはや世界最強の金属『オリハルコン』のごとく。

「どうなって……どうなっているのですか、アナタの体はあああああああああああああ
あ！」

「俺は武器を扱うセンスがどうしようもなく無かったからなあ。だから、死ぬほど肉体を鍛えた。生半可な武器よりも遥かに強靱にな」

リックが胸に突き立てられたランスを片手で掴む。

そして。

「くっ、そ、そんな」

軽々とランスを持っているワイトごと持ち上げた。ワイトは全身にありったけの力を込めて耐えようとしたが、まるで問題にならない。

「よっこいしょ」

そのまま、ランスごとワイトを放り投げる。

「ぐおおおおおおおおおおおおおおおおおおおおおおおおおおおおお!!!」

まるで、クロスボウから放たれた矢のような速度で、ほぼ地面と平行に空中を滑空するワイト。

ゴシャアアアアアア!!

と、闘技場を囲う壁に激突して体をめり込ませる。

「がはあっ!!」

あまりの衝撃に、吐血しながら地面に倒れ伏すワイト。

「はあ、はあ、ありえません、こんなことは、ありえてはならないのです……」

リックはワイトにゆっくりと歩み寄りながら言う。

「そういえば、さっきアンタは『身の程をわきまえろ』とか言ってたが、俺は全くそうは思わないぞ。別に何歳から何始めたっていいと思うし、どんなやつが何目指したっていいと思ってる。無謀でも無茶でも見苦しくてもいいと思う」

「くそがあ!! 西方の疾風、草原の獅子を穿て、第三界級魔法『エアロ・ブラスト』!!」

ワイトの左手から圧縮された空気が砲弾のように猛スピードで放たれる。

リックは無造作に空気の砲弾に手をかざして呟く。

「魔力相殺」

パシュンとあっけない音とともに、その魔法が打ち消された。

「……」

ワイトはもはや絶句するしかなかった。

「この肉体も、この魔力操作技術も、俺が『身の程知らず』だったから身につけることができたものだ。アンタは仮にも人を育てるのが仕事だろう。だったら、アンタが諦めるのはダメだろ、アンタが諦めさせるようなこと言ったらダメだろう。俺はな、他人の可能性を勝手に決めつけるやつは結構嫌いなんだよ」

「黙れ、黙れ、だまれえええええええええええええええ!!」

ワイトはもはや子供の癇癪のような叫びを上げながら、リックに向かってランスを振りかぶる。

しかし、あまりに大振りすぎである。

リックは一瞬にしてワイトの懐に飛び込むと、(かなり軽ーーーく)その体を蹴り上げる。

メキィ!!

という生々しい音と共に、ワイトの体が高く宙を舞う。

□□□

「うおおっ!?」

レオ分隊長が驚きの声を上げる。

闘技場を見ていた窓からバリイイイン!! とガラスが砕ける音と共に人が飛び込んできた。

ワイト主任教官である。手に持ったランスはへし折れ、白目を剥いて股間を小水で濡らしたまま気を失っているというあまりにも哀れな姿であった。

当然、戦闘続行は不可能な状態である。

「……」

「……」

レオと元締めの職員は目の前で起きていることを現実と認識しきれずに、黙ったまま固まってしまった。

だが、やがて、レオ分隊長は現実が認識と一致したらしくぼそりと呟いた。

「あれ？　ってことは生徒の勝ちだよな？」

「あっ……」

元締めの額に冷たい汗が流れる。

「うおおおおおおおおおおおおおおおおおおおおおおおおおおおおおおお!!」

レオ分隊長の歓喜の雄叫びが響きわたった。

ちなみに、この賭けにおける倍率は『賭けた時点でのオッズ』で計算される。

レオ分隊長は今月分の給料全額を賭け、賭けたときの倍率は約7倍であったため、ほとんど半年分の稼ぎを一瞬にして手に入れたことになる。

心底嫌々といった様子でレオ分隊長に、配当金を手渡す元締めの職員。

「かあああああああ、これだから大穴ねらいはやめらんねえんだよなあああ！」

レオ分隊長はパンパンに膨れ上がった給料袋に頬ずりしながらそんなことを言う。

「では、私の分もいただきましょう」

そう言ったのはジュリアだった。

さらに激しく顔をひきつらせる元締めの職員。

ジュリアは先に給料全額をリックに賭けたため、レオよりもオッズが高い状態で賭けていた。倍率は約10倍。しかも医者であるため、レオ分隊長よりも給料が多い。よって、皮の袋二つからあふれんばかりの配当金が手渡された。

「ふふふ、これは持つのが大変ですね」

嬉しそうに頬を緩めるジュリアとは対照的に、元締めの職員は虚ろな目をしてボソボソと呟く。

「……これは、悪い夢だ……そうに違いない……」

「ははは、気の毒だね」

シルヴィスターは笑顔で頷くと。台の上に担保として置かれていた宝剣を手にとって。

「じゃあ、僕の分の配当金を貰おうかな」

真夏の草原を駆けるそよ風が裸足で逃げ出すほどの爽やかさでそう言った。

「…………」

元締めの職員の全身が、氷点下30度の中で猛吹雪に吹かれたかのように凍り付く。

シルヴィスターが賭けたときの倍率は100倍、しかも全財産を賭けていた。到底、元締めの職員の手持ちでまかなえる額ではない。

「……ご、ご勘弁を」

「うん、うん、僕も鬼じゃないさ」

シルヴィスターは、元締めの職員の肩をポンポンと叩く。

「まあ、これに懲りたら学校内でこんな商売をするのはやめるんだね」

シルヴィスターは優しい声で元締めの職員にそう言った。

「……ええ、そうですね。はい、金輪際しません」

「うん、うん、じゃあ……毎月の200回払いで許してあげるよ」

元締めの職員もワイトと同じく、白目を剥いてその場に倒れた。

□□□

その日の夜。

就寝時間前の自由時間にリックは第四校舎にいた。

第四校舎はリックたち男性一般団員の入学から半年後に入学してくる女性団員の授業で主に使用される校舎である。今の時期は全く使用されないため他には誰もいない。

「んー、高密度の魔力反応はなしか」

そう呟くリック。手には密度の高い魔力に反応して振動する水晶を持っている。

現在リックは騎士団学校に潜入している本来の目的、学校敷地内にあると予想される『六宝玉』の捜索の最中である。

リックの耳に、鈴の音のような凛とした女の声が聞こえてくる。

「リック様」

「おう、リーネットか。昨日から来てたんだっけか」

「はい」

『オリハルコン・フィスト』のメンバーの一人。メイドエルフのリーネットであった。潜入しているにもかかわらず服装がいつもと変わらずメイド服なのは、主に敷地内の清掃を行う給仕として潜入している為である。

「捜索の進み具合はどうですか、リック様?」

「んーイマイチだなあ」

リックは入学以来、機会を探しては学校中を歩き回っているのだが、いかんせん学生は自由に動ける時間が限られている。

「私は仕事柄リック様よりは捜索しやすいですが、こちらもまだ見あたりませんね。何分広い敷地ですからまだ十分の一ほどしか見て回れていません。まあ、もうすぐ他の方々も来ますから、捜索のペースも上がるでしょう」

「あー。やっぱ来るのかあ」

リックは遠い目をして、天井を見上げながら神的な存在に対して、呟くように祈りを捧げる。

「……どうか、なにも起きませんように」

「無理だと思いますよ」

「俺も無理だと思ってるけど、現実を突きつけるのは止めてくださいリーネットさん」

リックは苦い顔をしてそう言った。

□□□

「待ってましたよ!!　リックの兄貴!!」

捜索を終えて部屋に戻ってきたリックに、ガイルが開口一番そう言ってきた。

ついこの前まで、舎弟だなんだと言っていた男の変わりように困惑するリック。

「お、おう」

「その呼び方やめない？」

「いえ、兄貴は兄貴ですよ!!　俺、兄貴の強さに震えました。なにより、ルームメイトを守るために誰も逆らえない教官に立ち向かった姿に感動したっす!!」

キラキラした目をしてそんなことを言ってくるガイル。

「あの、リックさん。ありがとうございます!!」

そう言ってきたのはヘンリーだった。数カ所、包帯を巻いているところや痣になっているところもあるが、どうやら大事には至っていないようだった。

「ってか、お前もよくあの性悪教官の攻撃に耐えたじゃねえかヘンリー」

そう言ってヘンリーの肩に腕を回すガイル。

「そ、そんなことないよ。すぐに降参しようとしちゃったし」

「ははは。甘いぜヘンリー。俺様は喧嘩慣れしてっから分かるんだよ。お前、口では降参とか言いつつ、実は最後までワイト教官に一太刀浴びせようと狙ってたろ」

リックも言う。

「あ、それ俺も気づいてた。剣を一回も離さなかったもんな」

「ま、まあ、それは、一応僕も騎士になるためにここにいるわけだし……」

ヘンリーは照れくさそうにそう言った。リックと同じく『英雄ヤマトの伝説』に憧れる少年である。気弱そうに見えて、奥底には強い思いがあるのかもしれない。

リックはそこであることに気づく。

「あれ？　そういえばヘンリー、全然震えてないじゃん」

女と身長175cm以上の男を前にすると、緊張で震えてしまうなどと言っていたヘンリーだったが、長身で筋骨隆々なガイルに首に手を回されても平気な顔をしていた。

「あ、言われてみればそうですね」

ヘンリー自身も意外そうであった。

「凄く怖い思いしたから慣れたのかもな」

「そ、そうですか。僕も少しは強くなれたんですかね」

そう言って胸に手を当てて頷くヘンリー。

「ガハハハハハ、いいじゃねえかヘンリー。同部屋の『ダチ』として頼もしいこったぜ!!」

ガイルは豪快に笑い飛ばしながら言う。

「あ、そうだ兄貴。ちょいと遅くなっちまいましたが、皆で風呂行きましょうぜ。前にこっそり夜出歩いてたときに気づいたんですが、自由時間の後、消灯時間直前まではお湯を抜いてないみてえですわ」

「あー、そうだな。正直、模擬戦の時の汚れもあるし、お湯に浸かっておきたかったんだよ」

「よっしゃ！　アルクの奴がいねえのは残念だが、今日のところは三人で裸のつき合いといきましょうや!!」

□□□

アルク・リグレットは今日も学校長室に来ていた。

「チェックメイトです」

アルクのナイトが学校長のキングを射程圏に捉え、完全に退路を塞いだ。

「ハハハ、やっぱり強いなあアルク君は。結局今まで一回も勝ててないよ」

ポリポリと頭をかきながら少し悔しそうにそう言う学校長。

一方、アルクはゲームに勝ったにもかかわらず、うつむき加減であった。

「ふむ。どうも浮かない顔をしているようですが……私みたいな冴えないおじいさんの相手は退屈ですか？」

「い、いえ、そんなことは」

首と手を横に振るアルク。

「ははは、気を使わなくても結構ですよ」

学校長は柔和な笑みを浮かべると、部屋の隅にある時計を見て言う。

「お、そういえばちょうど生徒の入浴時間が終わった頃だね」

「はい。いつも時間の都合をつけていただきありがとうございます」

そう言って深く頭を下げるアルク。

「いやいや、こちらこそゆっくりと浸からせてあげることができなくて心苦しいよ。それに私は君の才能には期待しているんです。このくらいの協力は惜しみませんから、ぜひ首席の座を勝ち取ってください」

「……はい」

アルクは学校長の言葉を反芻する。

『ぜひ首席の座を勝ち取ってください』

そう、自分はこの騎士団学校でどうしても首席をとらなくてはならない。そのためなら何でもするし、どんな苦しい訓練にだって耐えてやるつもりである。

しかし、どこの神の悪戯か。

アルクの同期には同じ部屋に住む『あの男』がいる……先刻、アルクが歯が立たなかった一等騎士を、まるで赤子のように圧倒した化け物が。

鬱々とした気持ちのままアルクは、入浴時間が過ぎたはずの風呂に向かった。

□□□

騎士団学校には四十人以上が一斉に利用できる大浴場が完備されている。

毎日のように厳しい訓練を行う生徒たちの体を休めるためにということで、引退した騎士たちの寄付によって七年前に作られたものである。

脱衣所に入ったリックたちは、さっそく今日の汚れがついた服を脱ぎにかかる。

「しっかし、改めて見るとえげつない体してますねリックの兄貴」

裸になったリックの上半身をまじまじと見てガイルがそう言った。

本来なら膨大な面積になるはずの巨大な筋肉を、何らかの方法であり得ないほど凝縮したとしか思えない体つきである。

　ヘンリーも半分呆れたように言う。

「ほんとですよ。いったいどんな鍛え方をしたらそんな風になるんだか……」

「今度、俺に教えてもらっていいっすかね兄貴」

　そう言ってきたガイルの肩をポンと叩いてリックは言う。

「……いいか、ガイルよ。早まるな」

「？？？」

　ガイルは大きく首を傾げた。

　世の中には知らない方が幸せでいられることもある。

　リックは話題を変えようと、同部屋四人の最後の一人のことを口にする。

「それにしても、アルク君はいつもこの時間どこに行ってんだろうな」

「あ、アルクさんかぁ……」

「ん？　どうしたんだヘンリー」

　少しため息のような声を出したヘンリーに、リックは質問する。

「そういえば、ヘンリーはアルク君と話すときすげえ緊張するよな。女性苦手って話だけどいくら何でも緊張しすぎじゃない？」

「てか、アイツ男だしな。確かに女みたいな見た目してるけど」

ガイルも横からそんなことを言ってくる。

ヘンリーは少しモジモジした様子で答える。

「そ、それがですね。アルクさんを初めて見たときから、なぜかこう胸がドキドキしてしまって」

「へえ、そうか……え？」

「気がつけばアルクさんのことを目で追っているんですが、そうするとまた胸が苦しくなってしまって。これ、何かおかしいですよね」

「おうおう、マジでなんかの病気なんじゃねえか？」

ガイルが真面目に心配そうな声でそう言った。

「……」

そんな二人の様子を見て、言葉に困るリック。そういえばこの子たちは自分の半分くらいしか生きていない少年だったなと思い出す。甘酸(あまず)っぱい思いもまだこれからということなのかもしれない。

「あー、あの、うん。まあヘンリー、価値観は人それぞれだからな」

リックはウンウンと頷いた。

その時、ガイルがあるモノを発見する。

「ん？　この服。アルクのじゃないか？」

左端の洗濯カゴに衣服とアルクがいつも持っている短剣が入れられていた。

「アイツいっつもいないと思ったらこの時間に風呂入ってたのか」

その時。

風呂場のドアがガラガラと開いた。モクモクと立ち上る湯煙と共に、おそらくアルクであろうシルエットが脱衣所に入ってくる。

ガイルは手ぬぐいを肩にかけながら、人影に向かって言う。

「おーう、なんだアルク。お前もこっそりこの時間に入ってたのか。せっかくだし、俺たちともう一度入り……」

「えっ？」

リック達の方を見て、シルエットの動きが固まった。

湯煙が徐々に薄くなる。

確かにそこにいたのはアルクだった。ここ数日で見慣れた艶のある髪、美しく整った目鼻立ち。

だが、それだけではない。

臀部から腰にかけての滑らかな曲線、そして、なにより上半身についた二つの柔らかそうな膨らみ。

アルクが顔を赤くしながら、とっさの動きで手で隠したがもう遅い。

「「お、女あああ!!」」

リックとガイルの大合唱が風呂場全体に響く。

「…………」

そして、ヘンリーは無言のままポカーーンと大口を開けてその場に固まってしまっていた。

第四話　504班

すでに就寝時間は過ぎていたが、リック達の住む騎士団学校第一宿舎504号室には、小さな明かりが灯(とも)っていた。

「……今まで黙っていてすまない」

アルクが深く頭を下げながら言う。

しかし驚いたなあと、リックはついさっきのことを思い起こす。

まさか、同部屋の美少年が美少女だったとは。なんだろ、この同い年の冒険者(ぼうけんしゃ)やってるやつの家で見つけた妄想(もうそう)小説みたいな展開。

というか、結構なナイスバディであった。サラシで隠しておくのが大変そうだなと思ったりする。

「まあ、別にそれはいいんだけど。なんでわざわざ男装して騎士団学校入ってきたんだ？」

「俺(おれ)も兄貴と同じこと疑問に思いました。半年後には女性団員の募集(ぼしゅう)があるんで、そっちに行けばいい話っすからね」

俺とガイルの問いにアルクが答える。

「それでは……間に合わないかもしれないんだ」

アルクは切々と語り出した。

アルク・リグレットの生まれたリグレット家は、元々地方を中心に活躍していた商人の家系であった。しかし、両親が事業に失敗したうえに馬車の事故で死んでしまう。

不幸は続く。三ヶ月前、今度は残った唯一の肉親である弟が流行病にかかった。

現在は何とか容態が落ち着いてはいるが、数年の内には危険な状態になるだろうと医者は言う。だが、根本治療には多額の医療費がかかり、両親に先立たれたリグレット家にそんな余裕は無かった。

そんなときに、アルクの高い魔力を見込んだ学校長から騎士団にスカウトされたのである。もし、首席で卒業できれば特別士官として本人と家族の医療費を国が全額負担してくれる福利厚生が与えられる。

「弟の容態を考えれば悠長なことはやっていられなかった……だから、学校長に取りはからってもらって募集時期が近かった一般職の男性団員として入団させてもらったんだ」

「なるほどなあ」

リックはアルクの話をひとしきり聞いた後、そう呟いた。

隣を見るとなにやらズルズルと鼻をすする音が聞こえる。

「……ズビー……アルクぅお前も苦労してるんだなあ。病弱な弟さんのためにそんなに頑張ってるなんてよぉ」

ガイルが涙を流しながらそんなことを言った。

涙もろいやつだったのか。とリックは驚く。

アルクは唇を噛みしめ、痛切な表情で言う。

「……だが。こうして、バレてしまった以上は……」

「言わないですよ」

キッパリとそう言ったのは意外にも脱衣所でアルクを見てから、今まで黙りっぱなしだったヘンリーだった。

「少なくとも、僕は言わないです」

女性であるアルクに話しているのに、声は震えておらずしっかりとした口調であった。

ヘンリーは先の模擬戦を経験して本当に強くなったなあ、と感心するリック。

アルクは驚いてしばらく呆然としていたような様子だったが、やがてヘンリーの方を見て言う。

「その、いいのか？　ヘンリー」

「は、ははははい、そんな気にすることなななななな」

……やはり、ヘンリーはヘンリーであった。

ガイルも袖で涙を拭いながら言う。

「俺も誰にも言ったりしないぜ!!」

「ああ、むしろアレだ。俺たちに協力できることがあったら言ってくれよ」

ガイルとリックの言葉に、アルクはキョトンとして目をパチパチとさせるばかりであった。

□□□

「……さて、『特別強化対象』についてですが」

教官たちは今日も今日とて、しかめっ面で会議を行っていた。

「どうしましょうか……」

「ほんとですよ……」

集まった教官たちは一斉に頭を抱えた。

「まさか、ワイト主任教官がやられるとは思ってもみなかったですよ……全治五ヶ月だぞうです」

「私も試合を見ましたが、アレはなんというか人外の類ですな。何を間違ってこの学校に紛れ込んできたのやら……」

「だから、オレはそう言ったじゃないか‼」

バン、と机を叩いたのはAクラス担当教官のペディックである。

「アレにはまっとうないびりなんぞ効きはしないんだ。東方騎士団学校名物『七つの地獄』も、鼻歌交じりに乗り越えるようなやつだぞ」

「うーむ。もう彼のことは諦めますかね……『特別強化対象』は他の生徒に」

「いや、それでは我らのメンツが」

なかなか意見のまとまらない教官たち。

その時、Bクラスの教官がこう言った。

「やはり、孤立させる……しかないでしょうね」

ペディックはそれを聞いて顎に手を当てて言う。

「孤立させる、か。まあ、一番ダメージを与えられることではあるな。すでにやつのルームメイトは、やつに巻き込まれて通常よりも遥かに厳しい訓練を受けているし、それで不満を煽ろうともした」

「今のところ、そこを徹底していくしかないでしょうなあ。ルームメイトたちへの厳しい『指導』を」

Bクラスの担当教官の言葉に、教官たち一同は頷いたのだった。

□□□

さて、翌日。

今日は生徒たちにとって特別な日であった。

騎士団学校に入学して以来の休日である。

とは言っても騎士団学校の敷地の外に出られるわけではないのだが、生徒たちは限られた敷地の中でそれぞれの自由を満喫していた。

一番多かったのは二度寝をする生徒である。騎士団学校のハードな日程によって慣らされた彼らの体は、本人の意思と関係なく朝の六時に目を覚ましてしまう。普段ならここから筋肉痛と取り切れない疲労を引きずりながらベッドから這い出し、授業の準備を始めるのだが、今日は違う。

そのまま、再び眠りの世界に入ることができるのである。何という幸せだろうか。生徒たちは布団をかぶり直し、ぬくもりに守られながら体を休めるのである。

504号室の部屋員ヘンリー・フォルストフィアも本来なら、一般的な学生と同じ行動をとるはずなのだが、どうにも目が覚めてしまった。

「はあ、昨日色々ありすぎたせいで目が冴えちゃうなあ」

そう言いながらのそのそとベッドから這い出す。

「いてててててて」

昨日の模擬戦で受けた傷が痛む。運よく数日もすれば治る傷ばかりだったようで、自分で動くことは問題なかった。

グゴー‼

と、下の段でガイルがデカいびきをたてながら寝ている。彼も昨日は教官に叩きのめされ、アルクの秘密を目の当たりにするというヘンリーと同じことを経験しているはずなのだが……この図太さは見習いたいものである。

ほかの二人はすでに起きているらしくベッドに姿はなかった。

洗面用具を持って、廊下を挟んだ先にある洗面台のほうに行くとルームメイトのリックがいた。

パッと見では普通の冴えないオッサンにしか見えないリックだが、これまでのことでへンリーはその見た目での印象がとんでもない嘘っぱちであると知っていた。

この男は教官たちですら容易くねじ伏せるほどの実力の持ち主である。昨日の夜も一等騎士と戦った後だというのに、全く疲れた様子もなくケロッとしていた。ヘンリーの目には無敵の超人か何かとしか思えないのである。

「おはようございます。リックさん」

「……アア……ヘンリー、オハヨウ。キョウモイイテンキデスネ（白目）」

……無敵の超人はなぜか死ぬほどゲッソリとしていた。

「朝からいったいどうしたんですか？　やっぱり、これまでの疲れが？」

「いや、まだ軽めの訓練しかしてないからそんなことはないんだけど」

「リックさんはほかの生徒の十倍くらいハードにやってると思うんですが……」

リックが窓の外を見る。

真新しい制服を着た生徒たちが続々と門をくぐっていた。すでにヘンリーはAクラス以外の人間の顔を何人か覚えているが、全く見慣れない顔ばかりである。

彼らは高級士官コース。高い学歴を持ち、なおかつ試験において優秀な成績を収めたモノだけが入ることのできるエリートコースの者たちであった。

彼らを見るリックは、非常に気の毒そうな目をしていた。そして溜息まじりに言う。

「今日はさあ、知り合いが入学してくるんだよね」

閑話　ブロストン入学!!

騎士団学校の教官を務めて三十年の大ベテラン。ギムレイ一等騎士はツカツカと靴音をたてながら廊下を歩く。

とうに六十を過ぎていながらもその背筋はピンと伸び、眼光は鋭く、あらゆる気のゆるみを許さないという厳しさが全身からあふれ出ているような人間である。

「ギムレイせんせ～、歩くの速いですよ～」

語尾の間延びした声でそう言いながら、ギムレイの斜め後ろにちょこちょことついて回っているのは高級士官コース副担当教官のアイラ二等騎士だ。背が小さく童顔であるがこれでも今年で二十二歳になる西方騎士団学校出身の新任の教官である。

「アイラ副教官」

「はい～？」

「その間の抜けたしゃべり方は何とかならんのか？　我々は生徒から恐れられ、かつ模範とならねばならない。それが、そのような力の抜ける声をしていては示しがつかんだろう」

「えーとぉ。わたしはできれば生徒たちとは仲良くしたいなって思うから～」

「そういう考え方は感心せんな。やはり、教官たるもの基本は厳しくなくては」

ギムレイたちが担当する高級士官コースで入団するには高い学歴と、筆記試験での優秀な成績が必要である。

その性質から貴族や金のある商人たちの子息の中で、学業に秀でたものが入学してくることがほとんどである。彼らは卒業の後、いきなり二等騎士からスタートし、ほとんどが若くして各支部の指令系統のトップとして一般の団員たちを束ねる立場になる。

そんな彼らが騎士団学校在学中の半年で、もっとも学ぶべきことは何か？

ギムレイはその問いに「鼻っ柱をへし折られること」だと断言する。恵まれた経済状況と出来の良さでプライドが高まりに高まっている貴族の坊ちゃんたちに、社会の厳しさというものを徹底的に叩き込むのである。

そうすることで、初めて彼らは本来の頭の良さや教養の広さを発揮し現場で活躍できるのだ。

「えー、でも～、わたしずっとこんな感じでしたからー。急に変えるのは難しいですよ～」

「では仕方ないな。私が彼らにどのように接するか見ておきなさい。まずは私の真似をしていれば大きく間違えるということもないだろう」

「はえ〜、すっごい自信ですねえ〜」

「当たり前だ、私は今まで三十年様々な生徒を送り出してきたからな」

ギムレイは伝統派の腐った風習が蔓延る東方騎士団学校において、自らの教育信念を曲げない数少ない人間だった。貴族や商人の坊ちゃんたちが集まる高級士官コースには、生意気極まる生徒も多かった。自らの親の権力や財力をたてに、ギムレイを脅してくる生徒も毎年のようにいる。

だが、『常に厳しく自らを律することができる騎士を育てる』という自らの信念を三十年貫き通してきた。それこそがギムレイを支える絶対の自信である。

「どのような生徒が来ようと徹底的に心構えと基礎を叩き込み、一端の騎士として送り出してやる」

「うわあ、かっこいいです〜」

ギムレイは教室のドアに手をかけながら言う。

「ではアイラ副教官。仕事を始めるぞ。よく働きよく学ぶように」

「は〜い」

ギムレイがガラガラと力強くドアを開けた。

そして。

オークがいた。

「……」

なぜか、入口に一番近い席。最前列の右端に巨漢のオークがいた。

アイラが後ろでピョンピョンと跳ねながら言う。

「あれ～、扉の前で立ち止まっちゃって、どうしたんですかギムレイせんせ～。わたし入れないいんですけど～」

オークはギムレイたちの方にその鋭い双眸を向ける。

「おお、教官殿か。高級士官コース二十名。すでに全員着席してい――」

ガラガラ、バタン。

ギムレイは扉を閉めた。

「いや、いやいや、ないないない」

ギムレイは廊下に立ち尽くし、首をブルブルと横に振る。

「ギムレイせんせ～。何かあったんですか～？」

「いや、なんというか。見間違いかもしれんが、なんか教室にオークがいた気がしたんだが」

「ふふふふ、なんですか〜それ〜。ギムレイせんせーでも冗談とか言うんですね〜」

「いやしかし、あれはどう見てもオークだったような……」

「そんなわけないじゃないですか〜。普通に考えてオークが教室にいるわけありませんし〜。ちょっとオークっぽい生徒なんですよ〜」

「……ふむ。確かにアイラ副教官の言うとおりかもしれん」

そうだ。うん。そもそも、思いっきり人の言葉を話していたではないか。オークは人語を解さない種族である。だからきっとだいぶオークっぽい生徒を見間違えたに違いないのだ。

「よし」

ギムレイはそう自分に言い聞かせて、再びガラガラと扉を開ける。

「おお、教官殿。忘れ物を取りにでも行っておられましたか？」

（あ、うん。やっぱりどう見てもオークだよなこれ。予想以上にオークだぞこれ）

ギムレイは最前列右端の生徒を改めて確認してガックリと項垂れた。

人間よりも明らかに太く大きい骨格と体躯、厳つい皺の寄った顔立ち、そして太く長く発達した犬歯。文句なしのオークであった。

「あー、ほんとだ。オークにそっくりですねあの生徒～」

アイラはそんなことを言うが、どっからどう見ても確実にオークだろう。

いや、しかし、常識的に考えてモンスターが生徒として来ているわけが……いや、まずは担当教官としての仕事をしよう。

一つ咳払いをし、気を取り直してギムレイは言う。

「えー、それでは自己紹介からやってもらうか。まず、君たちから見て一番右の最前列の者から」

ギムレイは、ほぼ確定的にオークっぽい生徒に目配せをする。

「うむ。初めまして皆の者。オレの名はブロストン・アッシュオークだ」

やっぱり、オークだった。

アイラは嬉しそうに言う。

「うわ～、名前もオークっぽいですね～」

オークっぽいというか、オークという単語がそのまま入っているのだが……

「えーとぉ、質問～。趣味とかってありますか～？」

「趣味は読書と油絵と詩歌、それから音楽を少々」

しかも、なかなかに教養と風情を解するオークらしい。

慌てて名簿を確認するギムレイ。

確かにある。『ブロストン・アッシュオーク』という名前が。つまり、このオークは（当たり前だが）正式な手続きを踏んで入学してきたというわけである。願書を送り、試験を受け、高級士官コースに合格するだけの得点と学歴をもって、今この席に座っているのだ。

「……」

言葉を失ってしまったギムレイは、本来あるまじきことであるが残りの生徒たちの自己紹介を上の空で聞いてしまった。

「ギムレイせんせ～、皆自己紹介終わりましたよ～」

「あ、ああ。すまない。では、授業を始めよう。授業の始めの挨拶はクラス代表にしてもらうことになっている。クラス代表は首席合格の生徒に務めてもらうのだが……えーっと、今年の首席合格は」

オークが椅子から立ち上がる。

「ふむ。オレだな。合格通知にそう書いてあった」

お前かよ!!　と内心で激しく突っ込むギムレイ。

「では、生徒一同、起立、教官に礼!!」

肺まで響くような重低音でありながら、驚くほど聞き取りやすくスッと入ってくるクラス代表の声に、ギムレイはひたすら激しく顔を引きつらせることしかできなかった。

閑話その二　アリスレート潜入？

一台の大型の馬車が山道を走っていた。

馬車には二人の男が乗っていた。馬を操る運送屋のライドと東方騎士団の制服を着た男である。

この取り合わせは今回この馬車に与えられた役目、東方騎士団学校への物資の搬入のためのものだった。

ライドはちらりと後ろを振り返り、今回搬入する荷物に目をやった。

主に飲み水や食料が縄で束ねて載せられており、普段運んでいるものと相違ない。だが、たった一つだけ異彩を放つ積み荷があった。

真っ赤に塗装された樽である。髑髏にバッテンマークの紙が貼りつけられ『超危険、取り扱い注意』などと書かれている。

「あれが騎士団学校に配備されるっていう、最新の魔道兵器ですか。どうにもみょうちくりんな見た目してますねえ」

ライドはそう呟いた。

騎士は答える。

「らしいな」

「おや？　『らしい』というのはどういうことです？」

「私にも詳しいことは知らされておらんのだ。ただ、上からは決して中身を見ないことと、くれぐれも取り扱いには注意するようにとしか……」

「そりゃまた、奇妙な話ですねえ」

「まあ、私の仕事は荷物搬入中の警備だ。妙な詮索をすることじゃない」

その言葉を聞いて、ライドはヘラヘラと笑いながら言う。

「はははは、職業意識が高くてなによりですな。どれ、私も妙な好奇心に囚われず運送屋の仕事をまっとうしますか」

そう言って正面に向きなおろうとしたその時だった。

ガコオオオン!!!

という激しい衝撃が馬車に襲い掛かった。

「うわぁ!!」

馬車が倒れ、座席から放り出される二人。

「くっ……くそ、何事だ」

そう言いながら、全身を地面に打ち付けられた痛みを押し殺して起き上がった騎士の耳に、下品な笑い声が聞こえてくる。

「ゲヘヘヘヘへ、大成功だぜ!!!」

現れたのは無精ひげを生やした酒臭い男であった。

その後ろから、ぞろぞろと野蛮な身なりをした男たちが現れる。

「へへへ、さすが親分でさあ」

「食料関係は積み荷の警備が緩いってのはマジだったんすねえ」

騎士は歯ぎしりをしながら、腰に差した剣に手をかける。

「何者だ貴様ら。この積み荷が東方騎士団のものであると知っての狼藉か!!」

「あー、そうだよ。だから狙ったんだっつーの。騎士団様のものなら品物の品質はある程度保証されるからなあ。狙い目だろ?」

「ふん。下賤な賊は、モノを考える知性まで低いと見える。騎士団の積み荷である以上、騎士が警備にあたっているということも想像できんとはな」

騎士は剣を引き抜いて言う。

「この二等騎士、フリット・クリークがその皺のない脳みそに手痛い教訓を刻みつけてやる」

騎士は自らの体に魔力を循環させて強化を施し、無精ひげの男に切りかかる。

「でやあ!!」

「ふん、馬鹿が」

無精ひげの男は自らも剣を引き抜くと、悠々と騎士の一撃を受け止めた。

「なにぃ⁉」

「ふん」

驚愕する騎士の腹に、無精ひげの男の前蹴りが炸裂する。

すさまじい衝撃に騎士の体がくの字に折れ曲がる。

騎士の体は５ｍ以上地面を転がりようやく勢いが止まったが、もはやうめくばかりで戦闘など到底続けられなそうな状態になっていた。

「そ、そんな。二等騎士があんなにもあっさり」

ライドは唖然としてしまう。

「おいおい、俺様を誰だと思ってんだあ⁉　元騎士団員にして元Ａランク冒険者『暴虐の騎士』ドルムト様だぜぇ？　まあ、今は盗賊だがな」

無精ひげの男、ドルムトは剣を肩に担ぎながら部下に命令する。

「さて、野郎共。報酬をいただこうじゃねえか」

「へい!!」

盗賊たちは倒れた馬車の荷台に群がり、荷物を奪おうとする。

「くっ……」

目の前で自分が仕事で運んでいる荷物を強奪されるライドが小さくそう呻いた。

「……す、すまない。私がついていながら」

腹部を押さえながら倒れ伏している騎士が、絞り出すように謝罪の言葉を述べてくる。

「いえ、相手が元Aランク冒険者ともなれば仕方のないことです。Aランク冒険者は常人ではどうにもならないほどの強さを持っていますから……はい、そうです、仕方のないことです」

と言いつつ、ライドの手は血がにじむほどに握りしめられている。彼は運送屋としての自分の仕事に誇りを持っている人間である。もし相手が普通の盗賊だけだったのなら自らの身を危険にさらしてでも積み荷を守りたいが、相手には自分ごときが何かしたところでどうにもならないような強者がついている。

二等騎士も悔しさに奥歯を噛みしめた。

なんとも情けない。騎士だなんだと言っておきながら、何もできずに一蹴されてしまった自らの未熟さを呪う。

「ん？　なんだこの樽」

その時、盗賊の一人が真っ赤に塗装された樽に目を付けた。

盗賊は樽に歩み寄り、樽の側面をバンバンと叩いてみる。張り紙に書いてある文字は、残念ながら文字を読めるような教育を受けていなかったので読むことができなかった。

騎士はそれを見て冷や汗を流す。なにせ、上官からくれぐれも扱いを注意するように言われた新型の魔道兵器である。強い衝撃を受けて爆発する類のものではないと言い切れない。

「ま、待て。それは……」

「あーん、よっぽど大事な物らしいなあ。こいつも頂いていくか」

そう言って、乱暴に樽を持ち上げようとする盗賊。

とっさに身構える騎士とライド。

それを見て盗賊たちが言う。

「おいおい、何ビビってんだよ」

騎士が慌てて言う。

「待て、もっと丁寧に扱うんだ。それは、新しく配備される魔道兵器で上官からもむやみに動かすなと言われている」

「え？」

騎士としては注意を促したつもりであったが、逆効果であった。

「あっ」

その言葉に気を取られた盗賊は、樽を動かそうとした拍子に段差に引っ掛かり、樽を倒してしまったのである。

再度身構える騎士とライド。今度は盗賊たちも一緒である。

が、特に爆発するでもなく倒れた拍子に樽の上側がポロリと取れただけであった。

しかし、何人かが違和感を懐く。初めから上側が開くようにできていたのではないかというような、おかしな壊れ方だったからである。

すると、樽の中から何かがのそのそと這い出してくる。

盗賊たちも含め皆の視線が集まる。

しかし、樽の中から出てきたのは。

「……ふあぁ、リーちゃん、もう朝ぁ。まだ眠いよぉ」

十歳ほどの少女であった。

「……」

「……」

「……」

一同をなんとも言えない静寂が包み込む。

「うーん、やっぱりアリスもう一回寝るー……スピー」

少女、『オリハルコン・フィスト』の一人アリスレートはそう言って再び樽の中へと戻って寝息を立て始めた。

しばし大口を開けて呆けていた一同だったが。

「クククク、ハッハッハッハアアアアアアアアア!!」

ドルムトの大笑いによって静寂がかき消された。

「驚かせおって。なーにが最新の魔道兵器だ。あれかぁ、このお嬢ちゃんの可愛さが兵器ってかあ!?」

ドルムトの言葉に子分たちも腹を抱えて笑い出す。

ライドと騎士は危険な魔道兵器と呼ばれていたものの中身が、幼い少女だったという事実をまだ上手く受け入れられずひたすら困惑するばかりであった。

ドルムトは樽を軽々と片手で持ち上げて逆さまにする。

「ぺぎゅ」

樽から地面に落ちたアリスレートが、なんとも可愛らしい声を上げた。

「ほうほう、こりゃたまげた。冗談で可愛さが兵器などといったが、あながち間違いでもないかもしれんなあ」

ドルムトの言う通り、アリスレートの容姿は大変に可愛らしいものである。キメの細かく色つやの良い紅い髪、クリっとした大きな目、透き通るような白い肌、そういう趣味がなくても思わずため息が漏れてしまいそうな美少女だ。

ドルムトはアリスレートの服をつかみ、つまみ上げるようにして持ち上げる。

アリスレートは眠たげな眼をこすりながら言う。

「うーん、あれ？　おじさんたち誰？」

「あん？　そうだな、おじさんたちは君を楽しいところに連れていってあげるやさしい人たちだよ」

「そうなんだー、でも、今は眠いからあとでねー……すやー」

「ちっ、なんだこいつはとぼけてやがるな。まあいい、しかしとんだ掘り出し物だぜ、好事家の貴族に売りつければ豪邸が買えるくらいの値が付く」

そう言ったところで、騎士はハッとなって言う。

「ま、待て。我が王国では奴隷の売買は禁じられている」

なぜこの少女が兵器と偽って運ばれていたのか、そもそもこの少女は何者なのか、など気になることは山ほどあった。しかし、それはさておき、目の前での誘拐行為をみすみす見逃すわけにはいかないのである。

「あ？　うるせえな。俺様たちが奪ったもんだ。俺様たちがどうしようと勝手だろう。それとも、もう一回俺様とやりあうか？」

「くっ……」

騎士は唇を噛む。先ほど受けた前蹴りのダメージは凄まじく、勝負以前に立ち上がれる状態ではなかった。

ドルムトはアリスレートを目の高さまで持ち上げ、改めてマジマジと見ながら言う。

「へへへ、それにしてもホントにとんでもねえ上玉だぜ。あと五年もしてりゃ俺様が味見してやったんだが」

その時、アリスレートはムッとして愛らしい頬をぷっくりと膨らませた。

「……むー、うるさいなあ。静かに寝させてくれないとこうだぞー」

「あ？」

ドオォ!!　と。

轟音とともにドルムトの体が大きく宙を舞った。

きれいな放物線を描き、40m先の地面に激突したドルムトは当然のごとく一撃で気を失う。というか、彼ほどの強者でなければ即死しても全くおかしくない事態である。

「……え?」

「お、おい、今何が起こったんだ?」

盗賊たちは自分が頼りにする頭領の身に何が起こったのか、すぐに理解することができなかった。

すぐに理解していれば、そのあとに身に降りかかる災難からも逃れられたであろう。

しかし、遅かった。

「『とりあえず、寝起きのアリスちゃんは繊細なんだぞ』魔法ー」

盗賊たちに人差し指を向けて、そう口にした瞬間。

アリスレートの体から不可視の衝撃波が放たれた。

衝撃波は音速で途中の地面を根こそぎ抉りながら、盗賊たちに襲い掛かる。

「「ぐあああああああああああああああああああ!!」」

盗賊たちは突風にさらされた塵芥のごとく、一瞬にして衝撃波に吹き飛ばされ、あっという間に目では見えないところまで飛んでいってしまった。

「ふう。じゃあ、おやすみー」

アリスレートは一言そう言って、その場に横になると五秒もせずにすやすやと寝息を立て始める。

一部始終を目撃した業者の男ライドと騎士フリットは、驚愕のあまり顎が地面と衝突するほどあんぐりと口を開けたまま、数分間その場に固まってしまう。

やがて、ハッとなって騎士フリットは言う。

「いつまでも、突っ立ってるわけにはいかんな。奴らに荒らされた荷物を積みなおして騎士団学校に向かわなければ」

「ですな。ああ、ただどうしましょう騎士殿。馬車はさっき転倒して壊れてしまいました。馬は何とか無事ですが」

「うむ。では仕方ない。ライド殿、馬に乗って町まで下りて応援を呼んでくれ。私はその間荷物の見張りをする」

「へえ、分かりやした」

「さて、それから」

フリットは目線を地面に落とす。

「彼女をどうするか……とりあえず起きてもらって聞きたいことが山ほどあるのだが」

「誰が起こすんです？」

ライドの言葉に、フリットは押し黙(だま)ってしまう。

目の前にいるのは、右手を枕(まくら)にしてすやすやと可愛い寝息をたてる小さな少女である。

が、二人は寝起きの機嫌(きげん)を損(そこ)ねた蛮族(ばんぞく)たちがどのような目にあったかを、ついさっき目の当たりにしていた。

「……起きるまで待ちますか」

「……ですね」

色々分からないことはあるが一つ分かったことは、彼女が超危険な魔道兵器だという上官の話は嘘ではなかったということだけであった。

第五話　リック師匠になる

リックが騎士団学校に入学してから一ヶ月が経過した。

現在空き教室にリック、リーネット、ブロストンの三名が集まっている。朝食から一時限目の教練までの僅かな時間を使って、情報交換をするためである。

「それにしても、なぜアリスレートのやつは来ておらんのだ？」

高級士官コース生の制服に身を包んだブロストンがそう言った。

リックも腕を組んで言う。

「途中で何かに巻き込まれたんですかね？」

「心配ですね……」

リーネットのその言葉にリックが首をかしげる。

「心配か？　アリスレートさんは何かあったところでどうにかなるような生物じゃ」

「巻き込んだ相手の命が心配です」

そっちかよ。

「それで、『六宝玉』についてだが」

ブロストンは机の上に騎士団学校の見取り図を広げて言う。

「はい。現在八分の一程度を捜索済みです」

リーネットが探索済みの個所に印をつけていく。

「ふむ。まだほとんど手付かずの探索個所は三つ。高級士官コースの使う第三校舎の周辺施設はこれからオレが調べるとして。後は教官棟と森林地帯だな」

「教官棟はアリスレートさんが備品に紛れて潜入する予定でしたからね。まあ、今考えるとあの人に隠密行動は無理だったと思いますが……」

ブロストンがうむと小さく唸ってから言う。

「来月ミゼットが臨時の整備員として入ってくることになっている。教官棟へ入る機会も多いだろうからそちらを任せよう。さて、やはり一番の問題は森林地帯だな」

「あまり入る機会もないですし、何分広いですからね。結構時間がかかると思います」

「まあ、仕方ない。今のところはまず森林地帯以外を地道に調べるとしよう」

「一応、ランニング中にコースを外れて調べてみることにします」

もっとも、『六宝玉』の探索に使う超高濃度の魔力に反応する水晶石は半径４ｍと反応する範囲が狭い。ランニングついでであの広い森林地帯をどれだけ調べられるかは分からないが。

「ああ、よろしく頼んだぞ、リックよ」

ちょうどその時予鈴が鳴り、三人はそれぞれの授業や仕事に戻っていった。

□□□

さて今日も今日とて、リックは優しい訓練（当社比）をこなす。

三時限目の訓練は『永遠ランニング地獄』である。騎士団学校の敷地内にそびえたつ山を登って降りてくるというシンプルなメニューなのだが、当然ながら17㎞の山道の登り降りは過酷を極める。Aクラスの生徒たちは皆、数時間前に食べた朝食を戻しそうになりながら走っていた。

しかも、なぜかリックたち504班は他の生徒たちが走るものよりも過酷なコースを走らされている。岩山、河川、急な傾斜、足場の悪い沼地といった様々な天然の障害物が立ちはだかってくるのだ。

「くっそ、相変わらず滅茶苦茶な障害物だなコノヤロウ……」

そう言って、4ｍはある岩肌をよじ登るガイル。

その横を登るアルクが言う。

「先にいかせてもらうぞ」

「あ、待てこら！」

Ａクラスの身体能力トップ２でも幾分初日よりはマシになったとはいえ未だに苦戦を強いられている。このコースがいかに過酷であるかというのが分かる。

そして。

「ぜえ、ぜえ、ぜえ、オロロロロロッロオロロロロロロ」

崖の手前で見事に昼食を吐き出しているヘンリーであった。同期の中でもぶっちぎりで体力の無い彼である。まだ全然ついていけていない。

一方。そんな彼らを尻目に。

「ふふふふふふーん、ふふふふふーん、ふふーふーん♪」

相も変わらず、リックは鼻歌交じりのジョギング気分で超難関コースを駆け抜けていた。

「よっと」

リックはピョンと、岩肌に向かってジャンプすると。

「ふふふーん」

などと軽快に歌い続けながら崖を駆け上がり始めたのだ。

崖を手は使わず両足のみで、である。

ちなみにこの崖の斜度(しゃど)はほぼ90度。まるで足が崖の面に吸着しているかのような、おかしな現象が目の前で起こっているのであった。

その姿を見て唖然とするガイル、アルク、ヘンリーの三人。

「やっぱすげえな兄貴……」

「……物理的にどうなってるんだアレ」

「さすがリックさ……オロロロロロロロロロッロロロロロロッロロ」

□□□

その日の夜。

「なかなか、寝付(ねつ)けないなあ……」

リックはムクリと起き上がった。

どうにも物足りなかった。体がうずいてしまい、落ち着かないのである。

当たり前だが東方騎士団学校の訓練は新入団員たちにとっては地獄のようにきついものである。しかしながら、『オリハルコン・フィスト』で死ぬほど過酷な訓練を受けてきたリックにとっては、正直なところ準備運動で終わってしまうような感覚なのだ。

「少し体を動かしてくるか」

リックはベッドから降りながら、ふとあることを思う。

「俺……『オリハルコン・フィスト』に順調に毒されてるな……」

あまりにも今更過ぎるが、少し怖くなったリックである。

「ん?」

ふと目を上の段のベッドに向けるとあることに気づいた。

「あれ? アルクいないな。トイレか?」

□□□

「ああ、ここにいたのか」

リックが体を動かしに外の運動場に出ると、アルクが先に自主訓練をしていた。

深夜の運動場で訓練用の刃を研いでいない剣を持ち、剣術の教本に書かれた型の素振りをしている。

王国式剣術の基礎三型と呼ばれる『切り下ろし』『直突き』『薙ぎ払い』を始め、攻撃の五型、防御の五型、惑わしの六型、小技の五型、攻防一体の七型。

教練で習った型をアルクはひたすらに繰り返す。

「へえ、大したもんだ」

リックは感心してそう言った。

アルクが今やっている型は、ちょうど二日前に一通り習い終わったばかりのものである。

それなのに教本に頼らなくても、三十一個の型をスラスラと正確に習った通りの動きができるのだ。

「ハア……ハア……」

息を切らしながらも、黙々と剣を振り続けるアルク。

その姿には、リックの目から見ても鬼気迫るものがあった。

やがて、アルクの手から剣が滑り落ち、膝に手をついて休んだのを見計らってリックは声をかける。

「よお、アルク。気合入ってるな」

「……リックか」

「寝る時間削ってまで訓練か。大したもんだな。俺の前の仕事の後輩なんて『寝不足は美容の大敵だから』とか言って、俺に仕事残して定時上がりしようとしてたのになあ」

おっぱいに免じて許しかけたが、さすがに許さなかった。

「足りないから。私の有用性を示すには今のままでは足りない……この前の教官との模擬戦も、お前は勝ったが私は負けてしまった。だから足りないんだ」

息を切らしながらそう言うアルク。

リックはアルクの持っていた訓練用の剣を見る。

柄の部分にベッタリと血が滲んでいた。

アルクが習い終わったばかりの型を見事に再現できている理由が分かった気がする。この自主訓練は今日だけのことではないのだろう。おそらくだが入学してから毎日続けているのだ。

アルクが先日話した言葉を思い出す。アルクは難病を抱える弟のために何としても首席にならなくてはならない。その目的に向かって文字通り血の滲むような努力をしているということか。

リックは頭を軽くかきながら言う。

「なあ、アルク。よければ俺が戦い方教えようか？」

東方騎士団学校の成績は、実戦形式の試験の結果によるところが大きい。リックが身に着けている戦闘技術のいくつかを教えれば、アルクの真面目さと頭のできなら短期間で吸収して強くなれるはずである。

しかし、アルクはリックの申し出を聞いて首を傾げた。

「……なぜだ？」

「え？」

はいでも、いいえでもなく理由を聞かれるとは思わなかったので、今度はリックが首を傾げてしまう。

「私を教えてもリックには何の得も無いだろう。それどころか成績の競争相手に塩を送ることになる」

確かに言われてみればその通りなのだが。そもそもリックは首席を目指しているわけでもないし、そこまで深く考えて指導を申し出たわけではなかった。

「そう言われてもなあ。だってほら、一応ルームメイトだし」

「それは理由になるのか？」

「えーと、なんていうか仲間がうまくいってくれたら嬉しいというか……ってか、アルクって自分から人に頼み事しないよな。性別バレした時だって『女であることは黙っていてくれ』って言わなかったしさ」

「それはそうだろう。私の秘密を隠しておくことはお前たちにはデメリットでしかない。

指導に関しても、私には君に相応の見返りを返せるとは思わない」

「その通りなんだけど。んー、人生なんてもっと結構人に頼ってもいいもんだと思うぞ。少なくとも俺が教えるのには見返りとか要らないから」

手をヒラヒラとしてそう言うリックだったが、アルクは納得できなそうな顔をしていた。

「あれだよ。俺もこの年で夢追ってるような人間だから、頑張ってるやつ見ると自分のことみたいに感じて応援したくなるんだよ。そういう精神的な見返り？　って言うのかな」

眉を顰めるアルク。やはり、納得できていないようだった。

難儀な子だなあ、とリックは呟いた。

その時。

「おいおい、兄貴。こんなところにいたんですか!!」

夜中だというのにやたらとやかましい声が聞こえてきた。長身のいかにもガサツで喧嘩っ早そうな男、ガイルである。

「こ、こんばんは」

隣にはヘンリーがいた。

ガイルはズンズンとアルクとリックのいる運動場まで速足で来て言う。

「兄貴ー。水くさいじゃないですか。隠れてアルクにだけ特訓つけるとか。ついでに俺たちにもお願いしますよ」

「え？　僕も？」

ヘンリーは自分を指さしてそう言った。

「そうだな。ついでだし俺の知ってることだったら皆に教えるよ」

「さっすが兄貴!!　そう来なくっちゃ。やったなヘンリー」

「いや、僕は……」

ヘンリーはアルクの方をチラリと見た。

「そ、そうですね。お願いしますリックさん」

「……待ってくれ、私は」

アルクの言葉はガイルに遮られる。

「さあ、兄貴まずは何から始めればいいっすか？　兄貴が自分を鍛えたときみたいにビシビシやってくだせえ」

「それは……うん。ちょっと今は無理かな」

苦笑いするリック。自分がやってきた訓練はブロストンがいなかったらただの殺人である。

（ああ、そういえば戦い方を人に教えるのは初めてだな。俺はヒーリングも使えないし『軽

め』にしておこう）

こうして、リックによる504号室のメンバーへの『軽め』の特訓が始まったのである。

□□□

リックは深夜の運動場でルームメイトたち三人を前にして言う。

「まずそうだな、強くなるために必要なことは何だと思うガイル君？」

「そうっすねえ……」

ガイルは腕を組んでしばし唸る。

「分かりました。体力をつけることですねっ!!」

自信満々にそう言ったガイルに対し、ヘンリーは呆れたように言う。

「いくら何でも単純すぎで――」

「正解」

「ええっ!?」

「じゃあ、ヘンリー他に何が必要だと思う？」

ヘンリーは顎に手を当てて少し悩んでから答える。

「え、えーっと。魔力の扱いが上手くなることとか？」

「それも正解だ」

リックがそう言ったのを聞いて、今まで黙っていたアルクが口を開く。

「これは、いわゆる四大基礎なのか？」

「その通りだ」

四大基礎とは。

『体力』筋力や心肺機能、骨格、柔軟性といった体そのものの能力。

『身体操作』体の動かし方全般。剣術や格闘術、そして自らの体に魔力を流し身体能力を向上させることもこれに含まれる。魔力によって『単なる身体能力の向上』以外の現象を体にもたらすものは強化魔法に分類される。

『魔力操作』魔力の操作技術全般。魔力による身体の操作という面で身体操作と切り離せない部分もあるが、多くの技術体系では『単なる身体能力の向上』以外をこちらの要素とすることが多い。

『魔力量』魔力の量。主に十歳から二十代前半までの間に、特定の条件下でトレーニングを行うことで上昇する。

この四つである。ガイルとヘンリーが言ったのはこのうち『体力』と『魔力操作』に該当するものだった。

「よく勘違いしている奴もいるが、こういうのは適当にそれっぽいものを四つ並べてるわけじゃない。強くなるために必要不可欠だから基礎なんだよ」

派手な界綴魔法や強化魔法に目が行く人間は多いが、まずはこの四つを十分に鍛え上げるのが先決である。

「ただ、この基礎というのも奥が深くてな。むしろ、強さの根幹をなす基礎だからこそ奥が深いんだが。少なくとも俺がここ一ヶ月授業を受けている限りでは、騎士団学校の授業は決まったカリキュラムを大人数に対して均等に施さないといけないせいか、どうにも『浅い』。実よりも形にこだわってる印象だな」

いきなり、何十種類もの剣術の型を『単なる動き』として教えている辺りに顕著である。

「剣術の型はいわゆる『身体操作』にあたる部分なわけだが、俺が『身体操作』を教えるなら剣術の型よりも先に教えておくべきだろうと思うことがある。もっと根本的な体を動かすための基本だな」

ヘンリーが聞く。

「それはなんですか?」

「『地面を真っすぐ踏む』ことだ」

ヘンリーがきょとんとした顔をして言う。

「はあ？　どういうことですか」

「そうだなあ。試しにガイル君。地面を真っすぐ踏んで立ってみてくれ」

「いやいや、兄貴。そう言われても、この通り真っすぐ立ってるんですが」

その言葉の通りガイルは普通に両足で地面を踏んで立っていた。

「そうか、それが今のガイルが感じる真っすぐか。じゃあ、俺が軽く押すから真っすぐ地面を踏んだ状態を維持して耐えてみてくれ」

リックはガイルの方に歩み寄ると、その体に人差し指一本で触れる。

「真っすぐ立てていれば耐えられるくらいの力だから安心しろ」

「はい？　まあ別に構いませ――」

ドン。

ゴロゴロゴロゴロゴロ。

ゴシャアアアアアアアアアアアアアアアアアアアアアアアアアアアアアアアアアアアア!!

とガイルの体が30ｍほど転がり、備品の山に突っ込んだ。

魚類のように口をパクパクとさせて驚くヘンリーとアルクに対してリックが平然と言う。

「な？」

「「何が⁉」」

ガイルは備品の山から起き上がりながらリックに言う。

「ゲホゲホ。急に何するんですか兄貴‼」

普通に起き上がってこられるあたり、ガイルもなかなかに頑丈(がんじょう)である。

「このくらい軽く押されてもその場にとどまっていられないわけだ。これで真っすぐ立ってるとは言えないだろ」

そもそも人間は人差し指一本で軽く押して、１００kgを超(こ)える巨体(きょたい)を30ｍも吹っ飛ばしたりしないというツッコミを三人は飲み込んだ。

「いいか、よく見ておけよ。『地面を真っすぐ踏む』というのは……」

リックは両手を軽く広げると言う。

「こういうことだ‼」

「……」

「……」

「……あの、何も変わってるように見えないんですが」

ヘンリーの言う通り、リックは普通に立っているようにしか見えなかった。

「そうか？　よし、じゃあガイル君。そこから助走して俺に向かって思いっきり体当たりしてみろ」

「え、いいんですかい？」

リックとの距離は30ｍ以上。さすがに仲間にここから助走をつけての体当たりをするのは躊躇われるガイルであった。

しかし、リックは自分の胸を軽くたたきながら言う。

「絶対に大丈夫だから全力で来い」

「よ、よーし。後悔しても知らねえですからね」

リックの実力を知っているとはいえ、パワーには自信のあるガイルである。絶対に大丈夫とまで言われるとメラメラと燃え上がってくるものがあった。

ガイルは一度その場で軽くジャンプすると、着地した反動を利用して走り出す。

大きなストライドでみるみる加速していき、リックに到達する寸前で最高速になった。

そして肩を突き出し、一切の加減なく全力全開のぶちかましを繰り出す。

「だらあああ!!」

バシイイイイイイイイイイイイイイイイイイイイイイイイイイイイイイイイイイイ。

という音と共に、吹っ飛んだ。

「ごはあああああああああああああああああ!!」

ガイルの方が。

アルクが再び唖然として言う。

「な、なんだ。今のは……」

外から見ていると明らかにおかしな現象であった。

全速力で突進した巨漢のガイルが、鍛え上げられた肉体を持っているとはいえ身長としては平均的なリックが棒立ちしているところに突っ込んで、逆に弾き飛ばされたのである。

リックは自分の足元を指さしながら言う。

「これが真っすぐ地面を踏んでいる状態だ。ガイルの足が地面を擦るようにして力を受けているのに対して、俺の足は地中深くまで根を張るようにして力を受けている。ぶつかればどちらが勝つかなんて考えるまでもないだろ?」

「「「………」」」

もはや三人の口からは何の言葉も出てこなかった。

「そうだな、最終的には」

リックは足元に神経を集中させる。

「んーと、ああ。30㎝くらい掘ったところに大きめの石があるな。形は一部だけ長く横に伸びた楕円に近くて、一番長い部分の直径で50㎝ってとこかな」

真面目な顔でそんなことを言うリック。どうやら冗談でもなく本当に地面に立っているだけで、足元の地面にどんなものが埋まっているか正確に分かるらしい。

「まあ、最初は足元2ｍくらいを自分の感覚の中に入れられれば上出来じゃないかな」

最初はということは、リックはいったいどこまで自分の感覚に取り込んでいるのだろうかと思ったが、三人は恐ろしかったので尋ねなかった。

「こんな風に『本当の意味での基礎』を深く身に染み込ませれば、間違いなく強くなれるよ。『地面を真っすぐ踏む』のは人間が地面から力を受ける動きをする生き物である以上、ホントに汎用的な技術だから三人とも徹底的に体に染み込ませてみてくれ。それで、この感覚を掴む練習だけど……」

□□□

Ａクラスの担当教官であるペディックが、その変化に気づいたのは新入生の入学から二ヶ月たった頃だった。

『永遠ランニング地獄』の時間のことである。

「Aクラス504班、リック・グラディアートル到着しました」

リック・グラディアートルが息一つ切らさずに半分以上時間を余らせてゴールした。

これは、いつも通りだ。

しかし。

「はあはあ……うっし、ガイル・ドルムント到着しました」

「ふう……同じく、アルク・リグレット到着です」

同じ504班の二人も遅れてゴールする。その場で倒れるようなこともなくやや余力も残しているようである。

確かに、訓練を始めてもう二ヶ月経っている。慣れてくるということもあるだろうし、この二人は新入団員の中でもトップクラスの身体能力の持ち主と言ってもいいのだから、普通に走り切れるようになってもおかしくはない。

しかし、彼らが走っているのは卒業試験に使う、障害物や傾斜のけた違いに多い超高難度コースなのである。それを時間を十分も余らせてゴールし、しかも余力を残しているというのは驚くべきことだった。とても、二ヶ月で身につくような体力の向上ではない。

「ぜえ……ぜえ……ヘンリー・フォルストフィア到着しオロロロロロロロロロロ!!!!」

制限時間ギリギリで最後の一人がゴールする。最初は全くついていけておらず特別強化対象に背負われていたが、今は完走できてしまうのである（嘔吐するのは相変わらずだが）。

「大丈夫かヘンリー？」

そう言って先にゴールした大柄な新入団員が肩を貸して、校舎の中に引き上げていく。

「……」

その姿を唖然として見ていたペディックに、背後から声がかかる。

「調子はいかがですかペディック教官」

「こ、これは学校長!!　いらしていたんですか」

学校長のクライン・イグノーブルである。東方騎士団のトップでもあるこの老人は、学校長と言っても普段は東方騎士団の本部にいるため職員全体での会議の時しか顔を出さない。

「なかなか苦戦しているようですね」

クライン学校長は穏やかな声でそう言った。

「はい、申し訳ありません」

直立不動になり、そう言ったペディック。

「まあ、そう硬くならずに。特別強化対象への教育は滞ってるとはいえ、５０４班は厳しい訓練を課している分成長著しいようだ。そちらは喜ばしいことでしょう」

「とはいえ、特別強化対象以外の班員が訓練を余裕を持ってこなすようになっては、孤立させるという作戦が通用しません。騎士団学校の威信と我々教官のメンツが丸つぶれです」

そう言いつつ、ペディックは再び校舎の方に戻っていく５０４班たちの方に目を向ける。

「こうなったら彼らを呼ぶしかないか。しかし、それにしてもいったいこいつらに何があったというんだ。近頃は毎日のように夜間の屋外訓練場使用許可をとっているが……」

□□□

さて、何があったかと言えば。

「はい、スタート」

ドン！

「ぎゃあああ!!」

夜の校舎にヘンリーの絶叫が木霊する。

場所は校舎から少し離れた森林地帯。そこにある、大きな坂（斜度70度）である。

リックに突き飛ばされたヘンリーはその坂（ほぼ崖）を必死の形相で駆け下りていた。

「落ちるーーーー、死ぬーーーーーーーーーーーー!!」

重力に従い恐ろしい勢いで加速する自分の体を、なんとか減速させるヘンリー。

しかし。

「あ!?」

出っ張っていた岩に足を取られて、バランスを崩す。

「うわあああああああああああああああああああああああああああああああああああ!!」

猛スピードで坂（崖）を駆け下りていた勢いそのままに、宙に体を投げ出されるヘンリー。

「今回は4分の1まで行けたか。よっと」

リックは一瞬にして坂を走り下りると、ヘンリーを受けとめた。

凄まじい斜度の坂にまるで足に吸盤でもついているかのように、ヘンリーを抱えてピタリと止まる。

「段々進めるようになってきたなヘンリー。この急な下り坂を真っすぐに地面を捉えることで減速しながら駆け下りる訓練を続ければ真っすぐ地面を踏む感覚が身につく。そうすれば普段の訓練で一歩地面を蹴るときのエネルギーのロスも減るから……って、大丈夫かヘンリー？」

　リックに受け止められたヘンリーは半泣きになりながら、白目を剥いていた。

「死にました……死んだので今日はもう休みましょう。何だったら来世まで休みましょう。こんなのは訓練じゃありません。ただの拷問です。ボクハマダシニタクナイ」

　なんとも饒舌な死体である。

「お、おう。そうか。まあ、あれだよほら。死んだら訓練を中断してくれるなんて最高じゃないか……ははは」

「え、何言ってるんですかリックさん？　それ中断というか」

「ははははははははははは……ははは……ハハ……は……」

　フラリ。

「なんで急に気を失いかけてるんですか!?　あ、やばい。落ちる!!　リックさん気を確かに、リックさーーーん!?」

□□□

「行くぞおらああああああ!!」

「待てガイル私の番を抜(ぬ)かすな!!」

ヘンリーの後に控(ひか)えていたガイルとアルクが一斉(いっせい)にスタートし、坂を駆け下りてくる。

その様子を下から見ながら、ヘンリーはため息をつく。

「はあ、凄(すご)いなあ。あの二人は」

「アルク君とガイル君は運動能力の塊(かたまり)みたいなやつだからなあ。センスだけで言ったら俺(おれ)なんか比べ物にならないよ」

二人も最初はヘンリーのような反応であった。恐怖(きょうふ)と浮遊(ふゆう)感でガイルは小便をちびり、アルクは嘔吐したのである。が今では、すっかり慣れた（麻痺(まひ)した）もので競(きそ)うようにして励(はげ)んでいる。走り切るまではいかないが、かなり進むことができるのだ。

ちなみにヘンリーは最初、小便をちびって嘔吐しながら気絶していた。三冠王(さんかんおう)である。

リックは二人を見ながら言う。

「まあ、俺の時とは違って重りつけてないし。この様子だと後一ヶ月もすれば下りきれるようになるかな」

「リックさんはこの訓練、重りつけてやってたんですか？　凄いなあ」

「うん。３００kgくらいの」

「あれ？　聞き間違えたかな？　ゼロが二つくらい多かったような」

そんなことを話していると。

「おわっ⁉」

「くっ‼」

ガイルとアルクが同時に地面を踏み外した。

リックはヘンリーの時と同じように、崖を駆け上がり二人を受け止める。

「もう二人とも半分くらいまで行けるのか。大したもんだ」

そう言って、リックは二人を抱えて崖を降りると地面に下ろす。

「ありがとごぜえます兄貴‼　それにしてもアルク、今回は俺の方が10㎝くらい長く下れたな‼」

「ガイル貴様、何を言っている。どう考えても私の方が20㎝は長く下っただろ」

「んだと、この野郎！　兄貴‼　もう一回行ってきますわ。さっきの倍は駆け下りてどっちが上かをキッチリ見せつけてやる。アルクお前はそこで見とけ‼」

「なんだとこの、寝ぼけたことを抜かすな‼」

そう言って、二人は猛ダッシュでスタート地点まで走っていった。

「はあ。やっぱり二人は凄いですよ」

ヘンリーは再びため息をついた。

リックが尋ねる。

「ん？　どうした」

「いや、アルクさんとガイルさんが。二人を見てると思っちゃうんですよ。僕なんかが鍛えても意味があるのかなって」

ヘンリーは少し俯きながらそう言った。

「意味はあると思うぞ？」

「そうですかね。ただ、その……結局、本番の戦いになったら怖くなっちゃうんじゃないかって思うと……」

「ああ、怖いのか。そういえば、実戦形式の模擬戦もそろそろ始まるなあ」

「はい。二人は才能もあって能力もあって。だけど、僕には……」

ヘンリーは少し体を震わせながら言う。もしかしたら、この前のワイト教官と戦った模擬戦を思い出しているのかもしれない。

「自分がひ弱な人間だっていうのは分かってるんです。まだ、僕だけしっかり訓練についていけてないですし……考えれば考えるほど勝てない理由やできない理由が見つかって、結局怖がって何も動けずに……」

「そうだな、自信を持てないで挑む戦いは怖いよな……」

リックは一度頷くと、夜空を見上げながら言う。

「特にヘンリーみたいに賢い子は、どれだけ自分に言い聞かせても頭は『危険だから無理だから止めておけ』って、そう考えてしまうだろうしなあ。ただ。俺は思うんだよ。初めの一歩は無謀でいい。というか無謀にならざるを得ないって」

「え？」

「馬鹿にならないと始まらないこともあるよ。だから『今のままでいる恐怖』と『傷だらけになる恐怖』を天秤にかけて、今のままでいることの方が怖いと思ったのなら……少なくとも俺はそうやって踏み出したら、少しは自分の世界が変わったかな」

リックはヘンリーに視線を戻す。その不安げな横顔はかつて一歩踏み出す前の、ギルドの受付に座っていたころの自分を思い出させた。誇れるものが何もなくて自信が持てなかった自分を。

「そうだな。じゃあヘンリー。一個だけ武器を作っておくか」

「武器ですか？」

「一個使えるものがあるってだけで少し勇気が湧いてくることもあるからさ。さすがにゼロだと、いくら気合入れても湧くもんも湧かなかったりするだろ」

リックは近くにあった３ｍほどある大岩の前に立つ。

「ヘンリーは魔力量が皆より少し多いし、一個、攻撃用の界級魔法を覚えておくといいと思う。まあそもそも、俺が教えられる攻撃用の魔法がこれだけなんだけどね」

リックは大岩に向かって拳を振りかぶったところで、ふと思い出す。

（ああ、そうだ。俺が普通にぶっ放すのはよくないな）

さすがに自分の切り札の威力くらいはわきまえているリックである。

（よし、極力軽めに……無詠唱にして威力は下げて……）

リックの右手の周りに空気の塊が現れる。

「第一界級魔法、『エア・ショット（最弱）』!!」

ドゴオオオオオオオオオオオオオオオオオオオオオオオオオオオ!!

という轟音と共に、３ｍの大岩が木っ端みじんに砕け散った。

「………!!」

上級魔法の完全詠唱に匹敵しようかというその威力に、目をパチパチとさせて唖然とするヘンリー。

「これが、第一界級魔法『エア・ショット』だ。初歩の初歩技だからヘンリーもすぐに覚えられると思うぞ」

「僕の知ってる第一界綴魔法と違う……」

□□□

本日、東方騎士団『本部』の警備はいつにも増して厳重であった。

元々、東方騎士団本部は東西南北の四つの本部の中で最も歴史が古く、最も強固な防壁(ぼうへき)と侵略者(しんりゃくしゃ)を撃退(げきたい)する設備を揃(そろ)えた場所である。しかし、本日はそれに加え通常の警備隊を3倍以上配置し、ダメ押しとばかりに各地の警備に当たっている実力者を百人近く呼び寄せている。

普段は東方騎士団学校の警備に当たっている、レオ・グラシアル分隊長も中央から呼び出された人間の一人である。

「……はぁーっ」

「大きなため息だね。レオ分隊長」

そう言ったのは、シルヴィスター・エルセルニア一等騎士。彼(かれ)も部下のレオと一緒(いっしょ)に呼び出されていた。

「せっかくの休日がこれのせいで潰れましたからね。こちとら、大金すって傷心だってのに……」

「それはレオ分隊長が、せっかくこの前の模擬戦で勝った儲けを『マジックボートレース』で大穴狙って全額つぎ込んだからでしょ？」

シルヴィスターは呆れたように肩をすくめる。

レオ分隊長はふて腐れたように言う。

「へいへい、そうですよ、自業自得ですよ。でも、それとは別にこの仕事に意味があるように思えないんです」

「ああ。まあ、そうかもね」

二人は自分たちの背後にある建物に目をやる。

堅牢なつくりの六角形の白い建物の名は『王器十三円卓』。

建物内部の中央に円卓と十三の椅子が置かれ、ある人々が年に数回集まり会議を行うためだけに存在する場所である。

その「ある人々」とは、『特等騎士』。

通常の階級とは異なる傑出した戦闘能力のみを条件に選出される、王国の決戦兵器と呼ばれる怪物たちである。

「俺は今日、会議場に入っていく特等騎士達を直に見ました。その感想を言わせてもらえば……」

レオ分隊長は震える声で続ける。

「ただ一言、『尋常じゃない』。特に黒い騎士装束を着た男は、近くに来ただけで意識が押しつぶされるかと思いましたよ……」

「ああ、第三席のボルツ氏か。あの人は魔力や覇気を隠す気もない御仁だからね」

「何というか俺らが守る必要ないでしょう、あんな怪物」

「そうだね。ボルツ氏だけじゃない。他の特等騎士の方々も皆、一騎当千の化け物だ。まあ、それでも戦闘能力で選ばれているとはいえ、特等騎士のほとんどは騎士団内でも重要な職に就く人たちだ。厳重な警備は必要さ、体裁的な意味でもね」

「そうですか……あー、でも。一人だけ凄い弱そうというか。全然凄みを感じない人がいたな。十五歳くらいの子供で、中肉中背で面構えもなんか普通で。なんかこう、騎士団学校時代に教室の端でずっと一人でいるやつの中に、あんな感じのやついたなー。みたいなの」

「ああ。その人が第一席だよ」

「ええっ⁉」

シルヴィスターの言葉に驚くレオ分隊長。

第一席は騎士団最強、そして騎士団最強ということは、王国の機関に属する人間の中で最強ということである。

「マジかよ……見た目じゃわからないもんですね」

「まあ元々、『王器十三円卓』には第十二席、第八席、第六席、第五席、第二席と五つも、『秘匿番号』があるわけだしね。一目で圧倒的強者と分かる人ばかりではないさ」

『秘匿番号』とは人物を公開していない特等騎士たちのことである。特等騎士に選ばれたとき本人の意思や諸事情により、特等騎士であることを伏せることがある。

彼らは今回のような定例会議では招集されず、普段は一般の団員の中に紛れて過ごしており、騎士団の内部においてもその素性を知るものは同じ特等騎士のみである。

レオ分隊長が言う。

「考えてみりゃ、ちょっと怖い話じゃないですか？　もしかしたら、自分が普段話してる同僚が特等騎士かもしれないなんて。もしかしたら、シルヴィスター隊長がそうだったりします？」

それを聞いて、シルヴィスターは小さく笑う。

「ははは、どうだろうね。ただ、噂では『秘匿番号』の内二人は、東西南北と中央の五つの騎士団学校のどこかにいるって話だよ」

□□□

いよいよ実戦訓練が始まった。今日はその初日である。

少し前にワイト主任教官が行った訓練は教練課程とは別の特別授業のようなものだったので、今回が本来の実戦訓練となる。現在は教室で訓練の概要を説明している最中だった。

「形式は各班対抗の一対一、使用するのは訓練用の刃が研がれていない剣だ」

ペディックの言葉を聞いてリックがガイルに尋ねる。

「Aクラスの班の数って奇数だよね」

「そうっすね。俺らの班が最後ですから余っちまうはずですが」

ペディックはゴホンと咳払いをして言う。

「余った班の相手は用意してある。入ってきてくれ」

ペディックの言葉とともに、教室に四人の男女が入ってくる。皆、機能性を追求しながらも銀色獅子のエンブレムで美しく飾り立てられた武器を身にまとっており、背筋はまっすぐに伸び表情には自信が満ち溢れていた。

教室中がざわついた。

アルクが一言呟く。

「王族警備部隊が出てくるとはな……」

王族警備部隊。それは一等騎士と同じく多くの騎士たちが憧れる部隊である。

その名の通り王族の身辺を警護する部隊であり所属する者たちは最低でも二等騎士、その中でも身分と実力が上位の者の中から選抜される。

「へえ。そういえば、前に王族が出る式典で見たことあるな」

王都と比べればさすがに田舎と言わざるをえない地域で生まれ育ったリックである。王族の関わる煌びやかな行事などほとんど目にしたこともなかったし、あまり関心もなかった。

「まさか、王族警備部隊と戦うことになるなんて……」

おびえた声でヘンリーは言う。

「はっ！　上等だぜ」

そう言って両手を打ち合わせるガイル。

「ああ、相手にとって不足は無い」

アルクも相手を真っすぐと見据えながらそう言った。

□□□

「はあ!!」

「やあー!!!」

闘技場に移動したAクラスの模擬戦は現在、リック達５０４班の前の組の試合が行われていた。

そんな様子を見ていた王族警備部隊の団員の一人が呟く。

「ったく、ペディックのやつも何考えてんだか。同期のよしみで来てやったが、わざわざ俺らを呼んでおいてこの程度のやつら相手させるなんてよお?」

髭面の横幅の太い骨格を持った男であった。年は二十代後半、王族警備部隊所属一等騎士のガンスである。

「見ろよあの気の抜けた打ち込みをよお。魔力での身体能力強化も最近覚えたって感じかあ?」

そんなガンスに対して、女性団員の二人が言う。

「まあまあ、ガンス。相手は学生なんだし」

「そうよー、あなただって最初はあんなものだったでしょ？」

「ああん？　んなことねえよ。俺がアイツらぐらいの時期は遥かに強かったっつーの。今の学生たちは甘ったれてんだよ」

そう言ってのけるガンスに女性団員たちはやれやれと首を振る。二人とも新入団員のころのガンスを知っているが、確かに優秀だったとはいえそこまで今の生徒たちと大差なかったように記憶している。

「なあ、あんたもそう思うだろリーダー？」

リーダーと呼ばれたのは長身で整った顔立ちをした男であった。鋭くも理知的な目つきをしており、真っすぐと伸びた背筋からは強者としての自信と実力を窺い知ることができる。名はシュライバー。ガンスと同じ一等騎士であり、また騎士団学校時のガンスの同期である。

「ガンス、お前の悪い癖だな」

「ああん？」

「お前は典型的な喉元を過ぎれば熱さを忘れるタイプだ。教官には向かないな」

「なんだこのやろう……」

眉を引きつらせるガンス。

「それに格下と一度判断すると、見下しすぎて警戒を怠る癖もある。注意するんだな」

「へっ、あんな雑魚そうな奴らの何を警戒しろってんだ」

そう言ってガンスが指さした先には、504班の四人がいた。

「せいぜい、やれそうなのはあのデカいやつぐらいで、後はヒョロヒョロのもやし野郎に女みてえなやつに……ククク、最後の一人は何だアイツ？　オッサンじゃねえか。多分俺たちよりも年上だぞ。あの年で新入団員とか何かの冗談かよ」

そう言って笑うガンス。

一方、四人をつぶさに観察したシュライバーはリックのところでその視線を止めた。

（なるほど）

シュライバーは504班の方に歩み寄っていく。

「君が部屋の代表か、私はシュライバー。よろしく」

そう言って、手を差し出した相手は。

「え？　ああ、これはどうも。リックです」

リック・グラディアートルであった。

シュライバーは相手の力量を推測する能力に長けていた。瞬時に敵の危険度を察知する能力は実戦において時には実際の実力以上に効果を発揮する代物である。彼は一等騎士の実力もさることながら、強者を嗅ぎ分ける嗅覚の鋭さによって一部隊の部隊長に選ばれた男である。

　その嗅覚が察知したのだ。この四人の中で一番強いのはこの男であると。

「別に俺がリーダーってわけではないんですが、まあ、その、こちらこそよろしくお願いしますね」

　そしてシュライバーの差し出した手をリックが握った。

　次の瞬間。

「……!!」

　ゾワリ。

と、かつてないほどの悪寒がシュライバーの五体を駆け抜けた。

　全身から大量の汗が噴き出し、呼吸が荒くなり、膝がガクガクと震える。

　目の前でシュライバーの様子に首をかしげているこの中背の男の体が、何十倍にも膨れ上がって見える。

（な……なんだこれは、ここまでの圧は以前拝謁した特等騎士……『王器十三円卓』の方々と同格……いや、もしかするとそれ以上……っ!!）

「で、では私はこれで失礼する」

シュライバーはリックの手を離(はな)すと、逃(に)げるようにしてその前から離れていった。

戻ってきたシュライバーに対してガンスは言う。

「おいリーダー。学生共の模擬戦に出る順番決まったみたいだぜ。うちはいつも隊の模擬戦やるときの順番でかまわねえよな？」

ガンスが渡(わた)してきた紙には。

先鋒(せんぽう)　ガイル・ドルムント
次鋒　ヘンリー・フォルストフィア
副将　アルク・リグレット
大将　リック・グラディアートル

と書いてあった。

ちなみに、普段のシュライバーたちのオーダーなら、大将を務めるのはシュライバーである。

すなわち、先ほどのアレと戦うのはシュライバーとなる。

「……」

「ははは、よかったなあリーダー。アンタの相手はあの新人オッサンだぜ」

「なあガンス。俺と戦う順番変えるか？」

「ああん？　なーにビビってんだよ」

シュライバーの申し出に眉をひそめるガンス。

「では、いいのだな？」

「はっ、落ちぶれたならうちらのリーダーも。別に構いはしねえさ。誰が相手だろうと瞬殺してやるからな」

ガンスは訓練用の剣の中でも一番サイズの大きいものを肩に担ぎあげながらそう言った。

□□□

「ではこれより。５０４班と王族警備部隊員たちの模擬戦を始める!!」

ペディックが闘技場の中央でそう叫んだ。

「じゃあ、行ってくるぜお前ら!!」

ガイル・ドルムントはルームメイトたちの方を見てそう言った。

「む、無理だけはしないでくださいね」

とヘンリー。

「……」

アルクは無言だった。

そして、リックは。

「相手は二等騎士だ。気負わずに頑張れよ」

「ははは、そいつはちげえますぜリックの兄貴」

「？」

首をかしげるリック。

ガイルは言う。

「俺は天下無敵の兄貴に鍛えてもらってんですよ。なら、『頑張れ』なんつー弱い言葉よりも言ってほしい言葉がありますぜ」

そう言って不敵に笑うガイル。

「……ああ、なるほど」

リックはガイルの背中を軽く叩いて言う。

「『勝ってこい』ガイル!!　お前は強い」

「オッス!!!!」

ガイルは気合を一つ入れると、グルグルと腕を回しながら闘技場の中央に歩いていった。

□□□

「じゃあ行ってくるわね」

四人の王族警備部隊の一人、二等騎士マリーアはそう言って闘技場中央に歩いていく。

「なあ、あんまり虐めてやらねえようにな。手加減してやれよ」

ガンスが背後からそう言ってきた。

「はいはい」

マリーアは軽く手を振ってそう答える。

ガンスほどではないが、マリーアも今回の模擬戦は幾分格下相手と思っている。というより、普通に考えて現役の二等騎士である自分と、入学して数ヶ月の新人などではまともな勝負にならないだろう。

まあ、大怪我はさせないくらいには加減をしよう。

「両者構えて!!」

ペディック教官の声と共に、マリーアとガイルは剣を構える。

「始めっ!!」

「だらああああああああああああ」

開幕早々、ガイルは上段に思いきり振りかぶってマリーアに真っすぐ突進した。

（ふーん。見た目通りの脳筋パワータイプね。それなら）

マリーアはニヤリと笑う。

「あたしのお得意様よ。強化魔法『衝圧分散』!!」

マリーアは得意魔法を使った。

上段から振り下ろされたガイルの剣をマリーアが受け止める。

ガシッッッ、という金属同士がぶつかる音が……

……しなかった。

「なっ、どうなってやがる？」

眉を顰めるガイル。

確かにガイルは相当な力で剣を打ち込んだはずである。そして、相手の剣はそれを受け止めた。

なのにどうしたことか、金属同士がぶつかる音もしなかったし、何より剣を持つガイルの手に全く手ごたえが返って来ないのである。

「身体強化を使って真っ向からの切り下ろし。なかなかの威力じゃない。教えてあげるわ新入団員君。『衝圧分散』は五秒間、自分が持っている武器と自分の体に受けた力を分散する性質を付与する強化魔法よ」

マリーアはガイルの半分もないであろう細い腕で、真正面から打ち込みを受け止めつつ言う。

「まあ、効果時間の五秒の間は走るための地面からの反発も吸収しちゃって動きが遅くなるから、基本は攻撃を躱せない時の緊急防御手段に使われる魔法だけど」

「しゃらくせえ!!」

ガイルの再びの打ち込み。しかし、一回目と同じく受け止められる。

驚いたのはその後である。

マリーアはガイルの剣を受け止めた後、すぐさま体を素早く右にそらしながらガイルを切りつけたのだ。

「ぐっ!!」

訓練用の剣は刃が研がれていないとは言え、それなりの重量を持った金属である。

遠心力の利いた一撃を受けて、脇腹を押さえながら少し後退するガイル。

「おいおい先輩。その魔法は使ってから五秒間まともに動けなかったんじゃなかったのかよ」

「あたしはこれ得意なのよ。魔法の効果時間中に強制的に術を解除する高等技術『切り上げ』。あたしはこの術に限り一瞬でオンオフをコントロールできるわ」

つまり、高い物理防御性能を誇りながらも「発動中の五秒間まともに動けなくなる」というデメリットから緊急防御手段としてのみ使われる『衝圧分散』を、好き放題使えるというわけである。

二等騎士マリーアはこの技術による高い対物理防御力によって、王族警備部隊に選ばれたのである。

「だからこそのお得意様ってことね。さあ、どうする新人君？」

その言葉を聞いたガイルは。

「ふふふ」

ニヤリと笑った。

自慢の怪力を容易く受け止められたはずなのに、である。

その様子に警戒心を強めるマリーア。

（……何か策がある？）

力押しだけではマリーアに勝てないことは、先ほど証明されたばかりである。ならば、それ以外の作戦があるということか。

（例えば、遠距離から攻撃できる界綴魔法を持っているとか……）

ガイルは剣を一度中段に構え、ゆっくりと振りかぶると。

「だらあああああああああああああああああああ!!」

先ほどまでとまるで変わらず、全速力で突進してきた。

(さ、策はなかったーーーー!!!!?)

あまりの脳筋っぷりに、逆に意表を突かれて防御が遅れかけたマリーアだったが、そこはさすがの二等騎士である。

間一髪、刀身の根元で一撃を受け止める。

当然、『衝圧分散』によって力を分散させられたガイルの一撃は、金属の激突音すらなく受け止められる。

「はあ、分からない子ね」

マリーアはため息をつきながらそう言った。

「あん?」

「言ったじゃない。力押しは通じないって。確かに大した馬力だと思うけど、勝負というものは一芸だけでどうにかできるものじゃないわ。他の技術も身に着けて戦術の幅を広げなければ三流の域を超えられないわよ」

『衝圧分散』を駆使する近接戦闘を得意とするマリーアも、他にも数種類の戦い方のパターンを持っている。『たった一つでも誰にも負けないものがあれば』というのは、確かに魅力的（みりょくてき）な言葉ではある。

だが、戦いというものは複雑で厳しい。たった一つの武器だけで、どうにかできるモノでは……。

「ふっ、はははは」

再び笑うガイル。

「何がおかしいの？」

「『固執（こしつ）するのは良くない』『他の技術も身につけろ』『戦術の幅』……か」

ガイルは大きく息を吸い込む。

そして。

「だらあああ!!!!!」

ガイルの咆哮（ほうこう）が闘技場に響（ひび）き渡った。

その太い腕がさらに大きく力こぶを作り出す。

「っ……!?」

ギリギリと、ガイルの剣がマリーアの剣を押し込んできた。

徐々にガイルの剣が迫ってくる。

マリーアも目一杯抵抗しているが、まるで馬車馬と押し合っているかのような強烈な圧力に全く止められる気がしなかった。

（この子、まさか衝圧分散の弱点に気づいた？）

衝圧分散はあらゆる物理的な衝撃を分散させる魔法だが、実は攻撃が当たる瞬間の力を逃がすことは得意でも、接触してから加えられる力に対しては分散能力が落ちるのである。

（そうはいっても、力を分散することには変わりない……なのに……なんなのよ、この圧力は⁉）

「へへへ……」

ガイルはリックとの訓練中の会話を思い出していた。

■■■

「なあ、リックの兄貴」

「ん、どうしたんだ？」

ある日の訓練の最中に、ガイルはリックに質問した。

「兄貴に教えてもらってる『体力』と『身体操作』の基礎トレーニングは、俺自身すげえ手ごたえがあります。日に日に俺のパワーが上がってきてる体感もあるんです。けど……」

「けど？」

ガイルは少し言い淀んだ後、続けた。

「その……俺もそろそろパワーだけじゃなくて搦め手？　っていうんですかね。『界綴魔法』とか敵の力を利用する技術とかそういうモノを身につける工夫をしたほうがいいんじゃないかと思って」

ガイルが思い出すのは、ワイト主任教官との模擬戦のことであった。

地元のケンカでは無敗を誇り、絶対の自信を持っていた自らのパワー。しかし、リックはまだしもワイト主任教官にも当たり前のように防がれ、逸らされ、一方的に敗北した。

日頃は楽天的なガイルも、さすがに自らのフィジカルに自信を失いかけていた。

しかし、そんなガイルに対してリックが言った言葉は意外なものだった。

「そういうのはなガイル、パワーで行けるところまで行ってから考えればいいと思うぞ」

「え？」

「必ずその時は来るだろうけど、間違っても今はその時じゃない。小さくまとまるなよ。お前のパワーはお前が今までずっと背中を預けてきた相棒だろ。工夫をするならまずは相棒の力を最大限に引き出す工夫をしてやれ」

■■■

ギリギリとガイルの剣がマリーアを押し込んでいく。

入学してからのトレーニングでさらに向上した筋力。

苦手ながらも地道に練習してきた『身体強化』はさらにその筋力を上昇させる。

リックとの訓練で養った地面を真っすぐ踏む感覚は確実にその筋力が生み出した力を地面に押し込み、反発で足から股関節へ、股関節から腕へ、そして自らの持つ剣に伝える。

ケンカで培った実戦勘は、こちらの力をそらそうとしてくる敵の動きを正確に察知し、ガイルも剣の角度を変えて逃さない。

そして……

「行くぜ。切り札!!　強化魔法『剛拳』」

「なっ⁉」

魔力によって腕の筋肉を瞬間的に強く収縮させる強化魔法である。

「押してダメなら、もっとパワーを上げて押し通す!! 防げるもんなら防いでみやがれぇぇぇぇぇぇぇぇぇぇぇぇぇぇぇぇぇぇぇぇぇぇぇ!!」

再び咆哮。

ガイルの剣はあっという間に、マリーアの剣を押し切り。

『衝圧分散』に守られた体ごと弾き飛ばした。

凄まじい勢いで地面を転がるマリーア。

マリーアの体は闘技場の地面を10m以上転がってようやく止まった。

「ぐっ……」

すぐに起き上がろうとするが、あまりの衝撃になかなか起き上がることができない。

そして何よりも、マリーアが倒れている場所は闘技場の地面に描かれた枠の外であった。

つまり場外。ガイルの勝利である。

周囲から歓声が上がった。

——マジかよ。

——ガイルの奴、二等騎士に勝っちまったぞ。

クラスメイトたちの驚きも当然である。リックのような周囲から「アイツ色々おかしい」

と思われている人間ならまだしも、常識で考えれば二等騎士と新入団員の六等騎士の力の差など歴然。三人がかりでも相手にならないのである。

クラスメイトたちはここに至り、ある認識を持ち始めていた。

もしかしてリックだけでなく、５０４班は化け物の巣窟なのではないだろうか。と。

ガイルは右掌を出しながら、ルームメイトたちの方に戻ってきた。

「勝ってきましたぜ、兄貴!!」

「ああ!!　いい踏み込みだった」

ガイルとハイタッチするリック。

「おめでとうございます!!」

「おう、ヘンリーも次、勝ってこいよ!!」

ヘンリーも右手でガイルの手を叩く。

「……さってと」

ガイルは二人から少し離れた位置に立っていたアルクの前まで来て言う。

「おい、アルク!!」

「ん、何だ?」

ガイルは前に出した右手を、ヒラヒラさせながら言う。

「ハイタッチだよハイタッチ」

アルクは首を傾げた。

「それは、何か意味があるのか？」

「あれだよ。友情パワーが湧いてくんだろ？」

「理解に苦しむな。意味があるようには思わない」

「はあ、まったく。すかした野郎だなあ……まあ、お前らしいけどよ」

ガイルは肩をすくめて、笑いながらそう言った。

□□□

さて、模擬戦の次鋒はヘンリーである。

「はあっ!!」

「えい！」

敵の女二等騎士の打ち込みを、両手に持った剣で何とか受け止めるヘンリー。

（よし、戦えてる!!）

ヘンリーは敵との距離を取りつつ、内心で手ごたえを感じていた。

二等騎士である相手の打ち込みにも、ふらつきながらもなんとか耐えられている。以前のヘンリーであれば軽く吹っ飛ばされていただろう。

「あとは、リックさんから教わったアレを打ち込む隙を……」

リックから言われたのは「敵をよく観察しろ」ということだった。

身体能力で劣る分、敵をよく観察し隙を見つけろ。特に注目するべきは膝。地面を蹴って移動をするのだから、敵が動くときは必ず膝を曲げるのである。

ヘンリーは敵を観察し、こちらに切り込んでくる瞬間を窺う。

（……っ!!　今!!）

敵の膝が沈んだ。ヘンリーも少し身をかがめて飛びだす用意をする。

先ほどから相手の打ち込みのスピードは計っていた。このタイミングでこちらが飛び込めば、相手の攻撃をかいくぐりながら懐に潜り込むことができる。

そう思った刹那。

「強化魔法『瞬脚』!!」

相手の女二等騎士の体が、急激に加速した。

『瞬脚』は瞬間的に脚部の筋肉を収縮させて高速移動する強化魔法である。

スピードにのせて横薙ぎに打ち出された女二等騎士の剣が、ヘンリーに襲い掛かる。

「しまっ‼」

急激な加速によりタイミングをずらされたヘンリーの防御は間に合わなかった。

「ぐうっ‼」

胴に訓練用の剣による一撃を受けたヘンリーはその場に蹲る。

「ヘンリー‼　動きを止めるな！　追撃が来るぞ‼」

ガイルがそう声をかけるが。

（い、痛い……）

ヘンリーは動くことができなかった。

（怖い……）

蹲る自分に向けて迫ってくる女二等騎士、その姿から連想するのは二ヶ月前の模擬戦。

苦しい痛い、やめてやめて。でもやめてくれない……

「あ、あっ……」

「ふう。戦意喪失早いわね『瞬脚』‼」

再び、女二等騎士の体が加速。蹲るヘンリーに回し蹴りを食らわせ、場外に押し出した。

勝負あり。ヘンリーの負けである。

「悪いわね。簡単には訓練生に負けてられないのよ」

そう言って、さっさと自陣に引き返していく女二等騎士。

その背中をヘンリーは膝をついたまま見送る。

(また、負けた……)

「大丈夫か?」

そう声をかけられてヘンリーが顔を上げると。

「惜しかったなヘンリー」

「え? アルクさん?」

アルク・リグレットがヘンリーの方に手を差し出していた。

「タイミングの予測は完ぺきだったぞ。立てるか?」

「は、ははは、はい」

ヘンリーは緊張しながらも、その手を取ってヨロヨロと立ちあがった。

「やあ、アルクさん」

そこに一人の男がやってきた、皺だらけの温和そうな顔をした老人。

学校長のクライン・イグノーブルである。

アルクは驚いて言う。

「校長、なぜここに?」

「なぜも何も、私が長を務める学校ですから、様子を見に来るのは当たり前ですよ。それよりも、アルクさん」

校長はアルクの肩を叩いて笑顔で言う。

「観客席で見てますよ。まあ、相手は一等騎士ですから厳しいかもしれませんが。日頃の訓練の成果、存分に見せてくださいね」

アルクは敬礼しながら言う。

「はい、必ずや期待に応えます」

「うんうん。期待してますよ」

□□□

一方、王族警備部隊の方ではペディック教官が苛立った声を出していた。

「おい、頼むぞお前ら。できる限り504班をいたぶってくれと言ってあるだろ!! あんなにすぐに終わらせたら何のために呼んだのか」

「そうは言ってもさあ、ペディック」

騎士団学校の同期である女二等騎士は気やすい様子で言う。

「私の前に戦った子があれだけ強かったんだから、遊んで戦うなんてキツイわよ」

「むう……」

ペディックは唸った。

「だが、シュライバー。オレたちの世代首席のお前なら問題ないだろ」

ペディックがそう言ったのは王族警備部隊のリーダーである、シュライバー。

彼は闘技場の中央に向かいながら言う。

「首席か嫌味なやつだ……まあ、お前の目的など知らん。俺はただ後輩たちと手合わせをしたくて来ただけだ」

「なっ!!　シュライバー貴様!!」

「まあまあ、ペディックよお」

そう言ってペディックの肩を叩いてきたのは一等騎士のガンスである。

「俺様が、キッチリ大将務めてるオッサンをいたぶってやるからよお」

笑いながらそんなことを言うガンスだったが、彼の戦う相手のことを考えるとペディックはしぶい顔をするばかりであった。

□□□

「それでは、始めっ!!!」

ペディックの声と共に副将戦が始まった。

シュライバーは、両手で持った剣を中段に構える。

そして、敵を観察。

たしか、名はアルク・リグレット。平民出身で非常に整った綺麗な顔立ちをしており、少年というよりも少女に見える。

しかし、自分と同じく中段に剣を構えたアルクの様子を見て、シュライバーは持ち前の相手の強さを判断する洞察力ですぐさま、それを感じ取る。

(……警戒が必要だな)

まずもって、構えが安定している。まるで、地に深く根を張っているかのようである。

それは、シュライバーが少し左右に動いたところで変わらない。しっかりと根を張ったまま、こちらの方に向きを合わせてくる。

(加えて、色濃く放たれる魔力の量。一等騎士の中で見ても上位の部類だ)

シュライバーは集中力を研ぎ澄ませてアルクを見る。自分からは仕掛けない。軽々に仕掛けていい相手ではない。

一方アルクもそれは同様だった。中段に構えたまま動かない。

静寂が闘技場を包んだ。

□□□

それから数分、両者はにらみ合ったままお互いにすり足で距離を測る。まだ一度も打ち込みは無い。

その様子を見て、ガイルが言う。

「慎重っすね、アルクのやつも。そういえば、俺はよく知らねぇんですが。アルクのやつは基礎訓練以外でリックの兄貴にどんなアドバイスをもらってたんです？」

「僕はリックさんと模擬戦を何度もしてたのを見ましたけど」

「よく見てんな、ヘンリー」

「え？　あ、ああ偶然。偶々見たんだよ」

「ヘンリーの言う通りだ」

リックは腕を組んで言う。

「アルクは基礎訓練以外、ひたすら俺と模擬戦をしてた」

「そ、そうですか。アルクのやつよく死ななかったな……」

ガイルが本気で同情を込めてそう言った。

思えば、最近やたらとボロボロになって部屋に戻ってくることが多かったが、そういうことだったのか。

リックは話を続ける。

「その中で、俺は確信したよ。アルクは素質が高いうえに、恐ろしいほどに勤勉だ。騎士団学校の教本から学んだ技術を、実戦の中で次々にモノにしていった。凄い勢いで強くなっていったぞ。若い才能にオッサンがちょっと嫉妬するくらいにな」

□□□

五分近い静寂を破り、先に仕掛けたのはシュライバーの方だった。

(こういう時、待ちの根比べを仕掛けるのが本来の俺のスタイルだが、ここは先輩として後手は譲ろう)

身体強化を全身にかけ、力強い踏み込みからの切り下ろしを繰り出す。

それに対してアルクも応じる。

アルクはシュライバーの剣を頭上で受け止め。僅かに剣先の角度を変えて、敵の剣の軌道を逸らす。

さらに、敵の剣を受け止めた反動を使って力強い突きを打ち込んだ。

「むっ!!」

シュライバーはとっさに後ろに飛ぶが、それでも訓練用の剣が王族警備部隊の制服を掠める。

「これは、予想以上だな……」

シュライバーの額に冷や汗が滲む。

今、アルクが行った一連の動作は王国式剣術「攻防一体の七型」の一つ、『流し突き』である。

シュライバーの記憶が確かなら、すでに授業で習っているはずの型であり、新入団員が知っていること自体にはなんら疑問は無い。

（問題はその動きの完成度だ……）

シュライバーの制服の一部が切れている。先ほどアルクの剣が当たった場所である。実戦に耐えうるよう丈夫な素材でできている制服を、刃の研がれていない訓練用の剣の一撃で切り裂いたのである。

思わず称賛を送りたくなるほどの技の切れだった。

（仮にも一等騎士である俺の一撃を、容易く逸らしたのもそうだ。徹底的な反復で型を体に染み込ませている。しかも、それを実戦の中で正確に行う実戦勘。身体強化も十分に実用レベル）

おまけに魔力量は一等騎士の中で見ても上位に入る部類と来ている。

（驚いたな……本当にこれがまだ入団して数ヶ月の新入団員だというのか。実力だけ見れば完全に一等騎士レベルだ）

シュライバーはこの瞬間、一切の手加減を捨てた。

「強化魔法『瞬脚』!!」

シュライバーの体が一気に加速した。

想定以上の速度にアルクの待ちの構えが乱れる。

一瞬でアルクの懐に飛び込むと、そのままの勢いで真っすぐに剣先をアルクに向かって突き出す。

王国式剣術基礎三型『直突き』である。

しかし、アルクの応手も素晴らしいものだった。少し体勢を崩されているはずなのに、正確さを微塵も失わず防御五型、『上手払い』を行う。

アルクは素早く剣を持つ上の手を離し自分の剣の刀身の腹に添えると、シュライバーの一撃を打ち払った。

次はアルクの方から仕掛ける。

基礎三型『切り下ろし』。その動きは教本をそのまま写したかのように正確、かつ鋭い。

それに対しての、シュライバーの応手は。

「強化魔法『剛拳』‼」

先ほどガイルも使った、腕の筋肉を魔力により収縮させる強化魔法。それを使って力任せにアルクの切り下ろしをはじき返す。

「くっ！」

態勢は明らかに有利だったにもかかわらず、『切り下ろし』を防がれたアルクは少しのけぞる。

シュライバーはすでに、アルクと自分の優劣をしっかりと把握していた。

剣術の型の精度と『魔力量』ではアルクに分があり。

『体力』と『魔力操作』、そして使える魔法の種類ではシュライバーに分がある。

（ならば、俺の優勢な分野で敵の得意分野を封じるまで。身体強化と魔法を駆使して常に相手に強く速い攻撃を叩きつけて、体勢を整えさせない。教本通りの型を実戦の中で容易

く使う練度は見事だ。しかし、型は始めの構えが乱れた瞬間にその精度を著しく低下させる）

シュライバーの猛攻が始まった。

身体強化や強化魔法によって繰り出される、速く重い連撃。

一撃一撃が、アルクの型を僅かに乱す。そして、その乱れはやがて大きなうねりとなり、崩壊を引き起こす。

「はあ!!」

シュライバーの渾身の一撃で、アルクの姿勢が大きく崩れる。

「しまっ！」

その隙を逃すシュライバーではない。

「強化魔法『瞬脚・厘』!!」

今までよりも遥かに素早い動きとともに、姿勢の崩れたアルクの懐に滑り込み一撃。

速度を乗せた胴打ちを叩きこんだ。

「がっ……!!」

完璧に決まった。

シュライバーの剣を持つ手に確かな手ごたえ。

アルクの体がくの字に折れ曲がり、弾き飛ばされる。

地面を5mほど転がったが、幸いにも場外にはならなかったようである。

「ぐっ……あ、ぐ……」

立ち上がろうとするアルク。

しかし。一等騎士の強化魔法を上乗せした一撃をモロに食らったのだ。衝撃で脳は揺さぶられ意識は朦朧とし、強く打たれた肺は呼吸すらままならない。

その様子を見て、シュライバーは構えを解く。

「ふむ。いい試合だった。末恐ろしい少年だな」

そう言って去ろうとしたその時。

「む⁉」

背後から感じ取った殺気に反応し、シュライバーはその場を飛び去った。

次の瞬間、さっきまでシュライバーの立っていた位置に、剣が振り下ろされる。

冷や汗を流しつつ、シュライバーは振り返る。

「これは驚いた、大した精神力だな……」

アルクは立ち上がってこちらを睨みつけていた。

しかし、かなりのダメージのはずである。少なくとも先ほどヘンリーが受けた一撃よりも、深刻なダメージを受けている。

その証拠に呼吸も短く不安定、焦点も上手く定まっていないし、膝も笑っている。

シュライバーは、今にも倒れそうな目の前の少年に向けて言う。

「無理はするな。腹部へもろに金属の棒がぶち当たったのだ。腹部の強打というのは、抱き着こうとしてきた子供の頭が当たっただけでも常人ならば悶絶し、のたうち回るほどに痛く苦しいものだ」

見れば、アルクの口元から血が滲み出してきていた。吐血しているのである。内臓の一部が損傷しているのかもしれない。後で回復魔法をかければ治るだろうが、それでも、本来模擬戦を続けられるレベルではない。

だが、アルクは言う。

「……意味があるのか、それは」

「む？」

「痛いとか、苦しいとか、そういうことをいちいち気にしたり言葉に出して言うことに何か意味があるのか？」

アルクは口元の血を袖で拭き、剣を構える。

「今は戦いの最中。やるべきことは敵を倒すために全力を尽くす。それだけだと思っている」

シュライバーはその様子を見て小さく笑う。

「ふっ、卒業後の志願部署が決まっていないなら王族警備部隊に来い。お前なら文句なく即戦力だ」

そう言って、シュライバーも構え直す。

そして。

ここに至り、一切手加減無し。

「強化魔法『瞬脚』『剛拳』『鉄鋼体』!!」

強化魔法の三重がけをもって、全力の打ち込みを敢行する。「今は戦いの最中。やるべきことは敵を倒すために全力を尽くす。それだけだ」という、アルクの言葉をシュライバーが実行する。

速度、腕力、身体強度の向上。この三つをもってして、弾丸の如くアルクに突進する。

一方。

それに対してアルクは。

「はあああああああああああああ!!」

アルクの体から魔力が一斉にあふれ出す。

残存魔力の一斉投入である。膨大な魔力をコントロールしきれない分ロスも大きいが、量で押し通す。

アルクの身体能力が跳ね上がった。同時に腹部から激痛が湧き上がるが無視する。痛みなんてものは今必要ない。

襲い掛かる、シュライバーの剣。型は王国式剣術の基礎中の基礎である『切り下ろし』。

一方、迎え撃つアルクの剣は。攻撃五型の一つ『捻じり袈裟』。

真っすぐに敵に剣を振り下ろす基礎技『切り下ろし』に、体の横回転の力も乗せる応用技である。

(面白い!!　この状況で、それを選ぶか!!)

『捻じり袈裟』は応用技だけあって、威力は高いが難易度も高い。シュライバーが『切り下ろし』を選択したのも、強化魔法によって体の力のバランスが普段と変わっているため、シンプルな型以外だと失敗する可能性が非常に高いからである。しかも、アルクに至っては初めて行う全開での魔力放出による身体強化の最中である。

まず失敗する。

しかし、アルクにはそんなことは関係がなかった。

少しでも可能性があるなら、黙って実行するのみである。

その気概に応えるかのようにアルクの体は自然と動いた。

淡々と、いつものように。何度も繰り返してきたように。身体強化によるバランスの崩れにも自然に対応しながら。

ガシィイン!!

と両者の渾身の一撃が交差した。

互いに必殺の威力で交差した、アルクとシュライバーの一撃はその激突の衝撃で闘技場全体の空気を震わせた。

そして……


「……ふっ、騎士団の未来は明るいな」


シュライバーの剣が折れる。

そして、ガクリと膝を突いた。

アルクは呼吸を荒くしながらも、しっかりと二本の足で闘技場に立っている。

ペディックが驚きを隠しきれない震えた声で言う。

「しょ、勝者。六等騎士アルク・リグレット……」

今日一番の歓声がクラスメイトたちから沸き上がる。

――マジかよ⁉

――勝っちまったぞ、一等騎士に‼

――どうなってんだ５０４班は⁉

「……」

アルクは肩で息をしながら素振りでできた豆だらけの自分の手を見つめる。

本人が一番驚きを隠せないようだった。

強くなっている自覚はあったものの、王族警備部隊の一等騎士を本当に倒せるとまでは思っていなかったのである。

アルクはルームメイトたちの方を見る。

一人ではおそらく、決してここまで強くなれなかっただろう。

この二ヶ月、彼らと修行をしたことがここまで自分の実力を向上させているとは……

「あっ……」

そこまで考えたところで体がふらついた。

「おっと、危ない危ない」

倒れる寸前にリックが駆け寄ってアルクを支えた。

「いい試合だったぞ……さて」

リックはヘンリーの方を見ると、にやりと笑って言う。

「なあヘンリー。アルクをおんぶして医務室まで連れていってやってくれ」

「ぼ、ぼぼぼぼ僕ですかぁ!?」

露骨にあたふたするヘンリー。

「ほら、俺この後試合だし？　頼むよー」

「は、はい。まあ。それなら」

そう言って、ヘンリーはアルクを背負った。

「すまないな、ヘンリー。君も怪我をしているというのに」

「だだだだだ、大丈夫ですアルクさん」

「その割には、物凄く体がふらついてる……というか震えているようだが」

「き、気のせいです!!」

ヘンリーにおぶさりながら、自陣に戻っていくアルク。

「ん？」

見ると、ガイルが右手の平をこちらの前に出してニヤニヤしていた。

「……はあ」

アルクはため息をつくと。

パン、と。

軽くその手にハイタッチした。

「ナイスだぜアルク!!　さすが俺のライバル!!」

「お前のライバルになった覚えは……ふっ。いや、なんでもない」

やれやれといった様子で、アルクはそう言った。

□□□

一方、王族警備部隊の側には怒(いか)り心頭の者が一名。

「けっ、情けない試合しやがっててめえら!!」

無論、一等騎士のガンスである。

女二等騎士たちが言う。

「アンタさっきの試合見てなかったの？　強いわよあの子たちは」

「そうそう、特に最後の子なんて悔(くや)しいけどまともに戦ったら勝てる気しないわ」

「かああああああああああああああ!!　全くどいつもこいつも」

ガンスは自分の膝をパシンと叩(たた)いて立ち上がる。

「テメエらには王族警備部隊の矜持(きょうじ)ってもんがねえのかよ!!」

ズンズンと闘技場の中央まで来る。

すでに敵である中年の新入団員は開始位置に立っていた。

王族警備部隊の一等騎士である自分を前にして、平然としている様が心底気に食わない。

「おい、新人。この勝負、場外は無しにしようぜ。それから勝敗もどっちかが完全に戦闘(せんとう)不能になるまで無しだ」

リックはきょとんとして言う。

「ん？　別に構わないが」

ガンスは審判(しんぱん)のペディックに言う。

「だとよ。それで構わねえな？」

「え、いやまあ。闘技場の外で戦われると困るから、闘技場の中全体まで広げても構わないが……その、止めといたほうが……」

「よーし、見とけよ。開始二秒でぶちのめして、そのあと無理やり引きずり起こしていたぶってやるぜぇ」

そんなことを言って剣を構えるガンス。

ペディックは顔を引きつらせることしかできなかった。

「で、では、試合開始!!」

ガンスが開幕速攻(そっこう)でリックに切りかかる。

「死にさらせえええええええええええええええええええええええええええええ!!」

――二秒後。

「ごはあああ!!」

ガンスの体は美しい放物線を描(えが)き、観客席最上段にスタンドインした。

□□□

「どうですかね？」

５０４班の試合を観客席で見ていた学校長クライン・イグノーブルは、隣に立つ女に声をかけた。

「ええ……素晴らしい素材だわ」

ハスキーな声でそう答えたのは、灰色のローブを着た褐色の女であった。フードを深くかぶっており顔は見えないが、グラマラスな体形が目を引く。

学校長は満足そうに頷いて言う。

「では。前回と同じように。しかし……少々厄介なのがいますね」

□□□

ヘンリーはアルクを背負って、医務室に向かう廊下を歩いていた。

背中から伝わる柔らかくて温かい感触。普段は男装をして男口調のアルクも、ちゃんと女の子なのだと改めて感じた。

心臓が強く拍動する。ヘンリー……バレてないだろうか？

「すまないな。ヘンリー……」

頭の後ろからアルクの声が聞こえる。

「いいんですって、その、ルームメイトですからね。それにしても、無茶しますねアルクさん。どんな相手にも立ち向かって。強い人です」

「……私は私の有用性を示さなくちゃいけないからな」

「ははは、そういうところが凄いですよ。僕なんて……」

そう言って俯くヘンリー。

先の模擬戦、負けたのは504班でただ一人、ヘンリーだけである。しかも、アルクよりもずっと軽いダメージで膝をついて動けなくなってしまった。

なんとも無様なかぎりだ。と、ヘンリーは自嘲する。

「私で良かったら、剣の型くらいなら教えられるぞヘンリー」

ヘンリーは思いがけないことを言われて目をパチパチとさせる。ヘンリーとしては実力向上のためという意味でも、下心的な意味でもありがたい話である。

「え……いいんですか？　アルクさんはどうしても首席になりたいから一分一秒も無駄にできないんじゃ……」

だが、ヘンリーはアルクが皆が休んでるときやクラスメイトたちと話してる時間もずっと訓練と勉強をしているのを普段から見ている。病気の弟のためということも知っているので、その邪魔をするのは流石に気が引けた。

「そうなんだが、なんでだろう……」

肩に回されたアルクの手に少し力が入る。そして、ヘンリーの背中に頭を預けてきた。

密着度が増してドキリとヘンリーの心臓が跳ね上がる。

「怒らないで聞いてくれると助かるが。その、たぶん私は……ヘンリーを見てるとどうしても……」

「どうしても？」

ゴクリ、と唾を飲み込むヘンリー。

「弟を思い出すんだ」

ガックン。

「どうした？」

「いえ、何でもないですハイ。期待なんかしてませんよハハハ……」

「？」

アルクは小さく首を傾げた。

□□□

その日の夜。例のごとく教官たちは会議室に集まっていた。

議題は当然、特別強化対象についてである。

「さて、どうしましょうか……」

「ホントですよ……」

一同が頭を抱(かか)える。

Cクラスの担当教官が言う。

「そ、そもそも、ペディック教官のクラスのことなわけで、我々に直接関係は……」

「ちょ、おい！」

「ペディック教官」

学校長が一言。ペディックの名を呼んだ。

それだけで、全員が静かになり学校長の言葉に耳を傾(かたむ)ける。

「今回の特別強化対象はなかなか手ごわいようだ。私の方で預かりましょう。ペディック教官はもう何もしなくて結構ですよ」

「そ、それは……くっ、力及(およ)ばず申し訳ありません」

ガクリと項垂(うなだ)れるペディック。

「いえいえ。さて、私は特別強化対象に『地下特化訓練』を行うつもりです。リッキー教官、準備の方はお願いしますね」

「ち、『地下特化訓練』⁉　ほ、本当ですか？」

ペディックは冷や汗を流しながらそう尋ねた。

学校長は答えない。ただ柔和な笑みをペディックに向けるばかりであった。

「では、早速取り掛かりましょう。ああ、ペディック教官はこの資料を参考に整備部隊長のレートさんに地下の調整をしてもらってきてください」

「りょ、了解しました」

ペディックが席を立つ。

それを見て、会議は終了したと他の教官たちも席を立って会議室を出ていった。

しかし、学校長と伝統派の教官たちが十数名、席を立たずにいた。

彼らは他の者たちが全員出て行ったのを確認すると、会議室の鍵を閉めた。

学校長はそれを確認してから話を切り出す。

「さて、では例の件について。実行は明日の夜、手筈は……」

□□□

翌日の昼休み。

「ふいー、食った食った」

腹一杯に飯を詰め込んだガイルが中庭で腹ごなしの散歩をしていると、あるものを発見した。

アルクとヘンリーが剣の訓練をしていたのである。いや、というよりはアルクがヘンリーに教えているという感じか。

「肩の力を入れ過ぎだヘンリー。それとつま先をもう少し内側に」

アルクはそう言って、ヘンリーの内ももを触って少し内側に捻る。

「ひゃい!!」

「……なぜ変な声を出すんだ」

「おーい、アルクにヘン……ん?」

ガイルは声をかけるのを止め二人の様子をマジマジと見る。

「んー?」

まずヘンリーだが顔が赤い。そして少しにやついている。

アルクの方はいつも通りに見えるが、心なしか普段よりは表情が柔らかい気がする。まあ、普段が鋼鉄なら石くらいにはなったというところだが。

「ははー、なるほどお。やるじゃねえかヘンリーのやつ」

□□□

ガイルはAクラスの教室に戻ると、さっき見た二人の話をリックにする。

「へえ。あの二人がねえ」

「そうなんですよ。いい雰囲気でしたぜ」

「……俺も負けてらんないなあ」

「何がですか?」

ちなみにリック。四年前に数年付き合った彼女と別れて以来、完全なる女日照りである。

その時、教室の扉がガラガラと開いた。

「リック・グラディアートル六等騎士はいるか!?」

声の主はペディックではなく、Cクラスの担当教官であった。

「はい?」

「喜べ。貴様は『地下特化訓練』を受けることが決まった」

□□□

『地下特化訓練』。

七つの地獄で最も過酷なメニューである。

どれくらい危険かは、なかなか辞めない特別強化対象を追い出す最後の手段として使われると言えば分かるだろうか。しかも、ペディックが教官として着任する二年前にとうとう死者を出している。

伝統派の貴族たちが圧力をかけ揉み消したらしいが、それ以来、使用は控えられていたのだ。

しかし、リック・グラディアートルという規格外を前にして、遂にその禁が解かれた。

「ここだ」

Cクラスの教官につれてこられたのは、森林地帯の一角であった。

「なにもないようですけど」

リックの言葉通り、木々が生い茂っているだけの何の変哲もない場所である。

Cクラスの教官は地面に手をついて魔力を込める。

すると、地面の一部が裂けて地下に続く階段が現れた。

「こんなところに、隠しダンジョンがあったのか……」

リックはそう呟いた。

実は、オリハルコン・フィストによる『六宝玉』の捜索は先日の段階で敷地内全域の調査を終えていた。

しかし、未だ見つからず。『六宝玉』が移動したのだろうと考え、今日再び共鳴を使った探索魔法を使う予定だったのだが。

（この中にある確率は高いな……）

探査用の水晶石を持ってきて正解だった。

「『地下特化訓練』はこのダンジョン内の10のチェックポイントに置いてある魔力結晶を回収してくることにある。本日から通常授業の代わりに、このダンジョンに潜ってひたすら探索をしてもらう。期限は一ヶ月、それまでに全てのチェックポイントをクリアできなければ大幅減点になるから覚悟しておけ」

「分かりました」

「食料は持ったな？　では、訓練開始だ」

「はい」

リックはそう言って階段を下りていった。

「ふふふ、入ったか」

Cクラスの教官はほくそ笑む。

この地下迷宮(めいきゅう)は複雑な構造をしており、探索するだけでも中々に困難である。そして、迷宮内部にはかなりの数のモンスターが棲(す)み着いており、入ったものの気力と体力を削(けず)っていくのである。しかも、出入口は最初に入った一か所だけ。

期限は一ヶ月と言ったが、そもそも一等騎士であっても半年はかかるほどの難易度である。

おまけに、今回は迷宮内の魔力(まりょく)の密度と質を調整して、モンスターたちが凶暴化(きょうぼうか)するようにしてある。

――グルルルルルルルル

――キシャアアアアア!!

早速、迷宮内のモンスターに遭遇(そうぐう)したらしい。

凶暴化したモンスターたちの呻(うめ)き声(ごえ)が聞こえてくる。

「生意気な平民出身者め、地獄を見るが」

ドゴオオオオオオオオオオオオオオオオオオオオオ

オ‼

という轟音が地下から聞こえてきた。

同時に地震でも起きたかのように地面が揺れる。

―グギャアアアアアアアアアアアアア‼

―ピギイイイイイイイイイイイイイイイイ‼

「……魔物たちの呻き声が断末魔に変わった気がするのだが、気のせいだよな？」

□□□

その日の深夜、少し校舎からは離れた位置にある第四運動場ではアルク・リグレットが一人、剣の素振りをしていた。

指導をしてくれるリックが何やら特別な訓練を受けるためと言われて教官たちに連れていかれたうえに、昨日の模擬戦での疲れもあるため自然と本日の訓練は休みとなったのだが、アルクは静かに自分の寝床を抜け出し自主訓練を行っている。

やや、昨日受けた腹部の傷が痛むものの、体は普段よりも軽く感じていた。

もしかしたら、今日発表された中間成績を見たからかもしれない。とアルクは自己分析

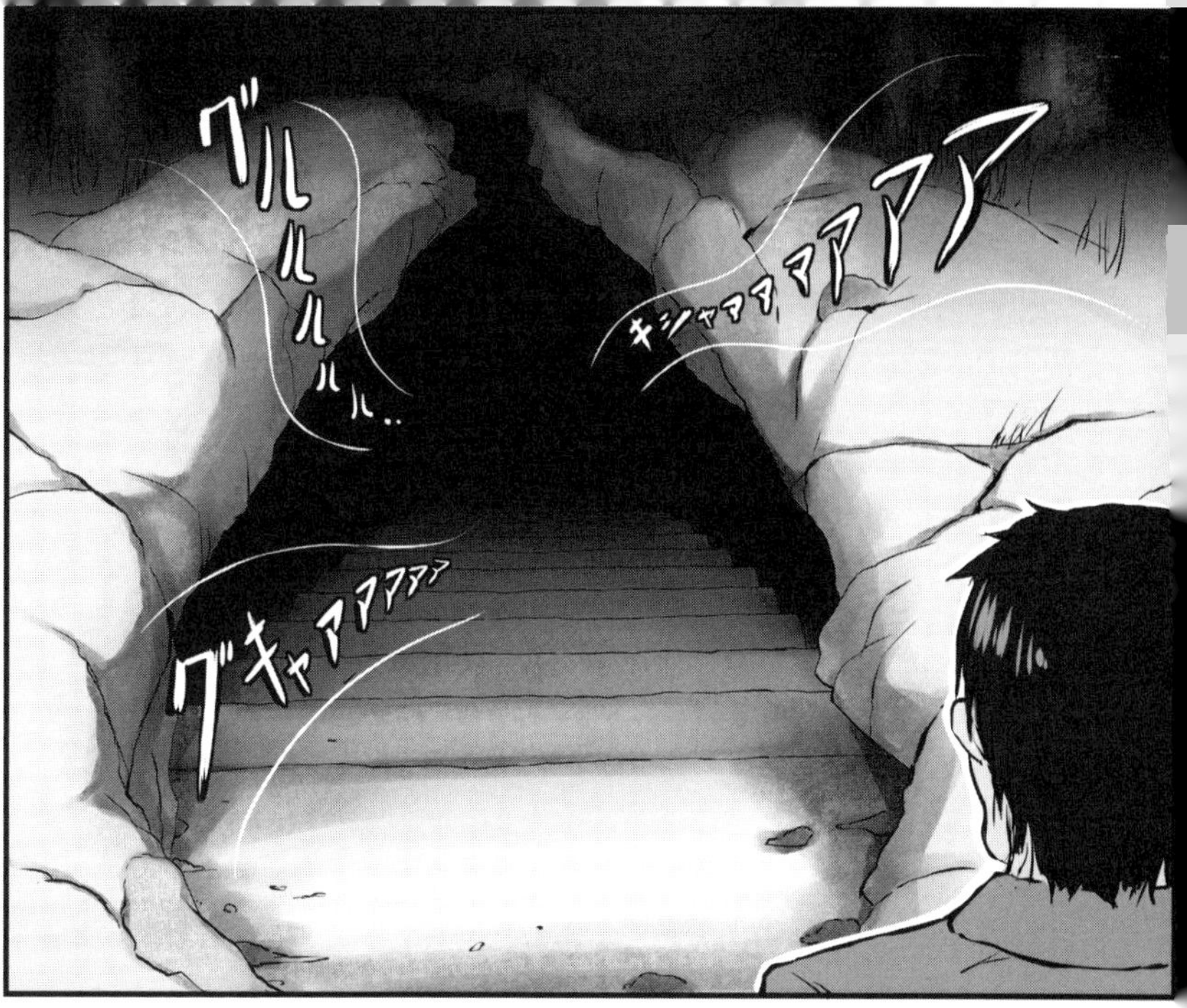

キシャアアアアアア

グルルルルル..

グキャアアアアアア

シーン

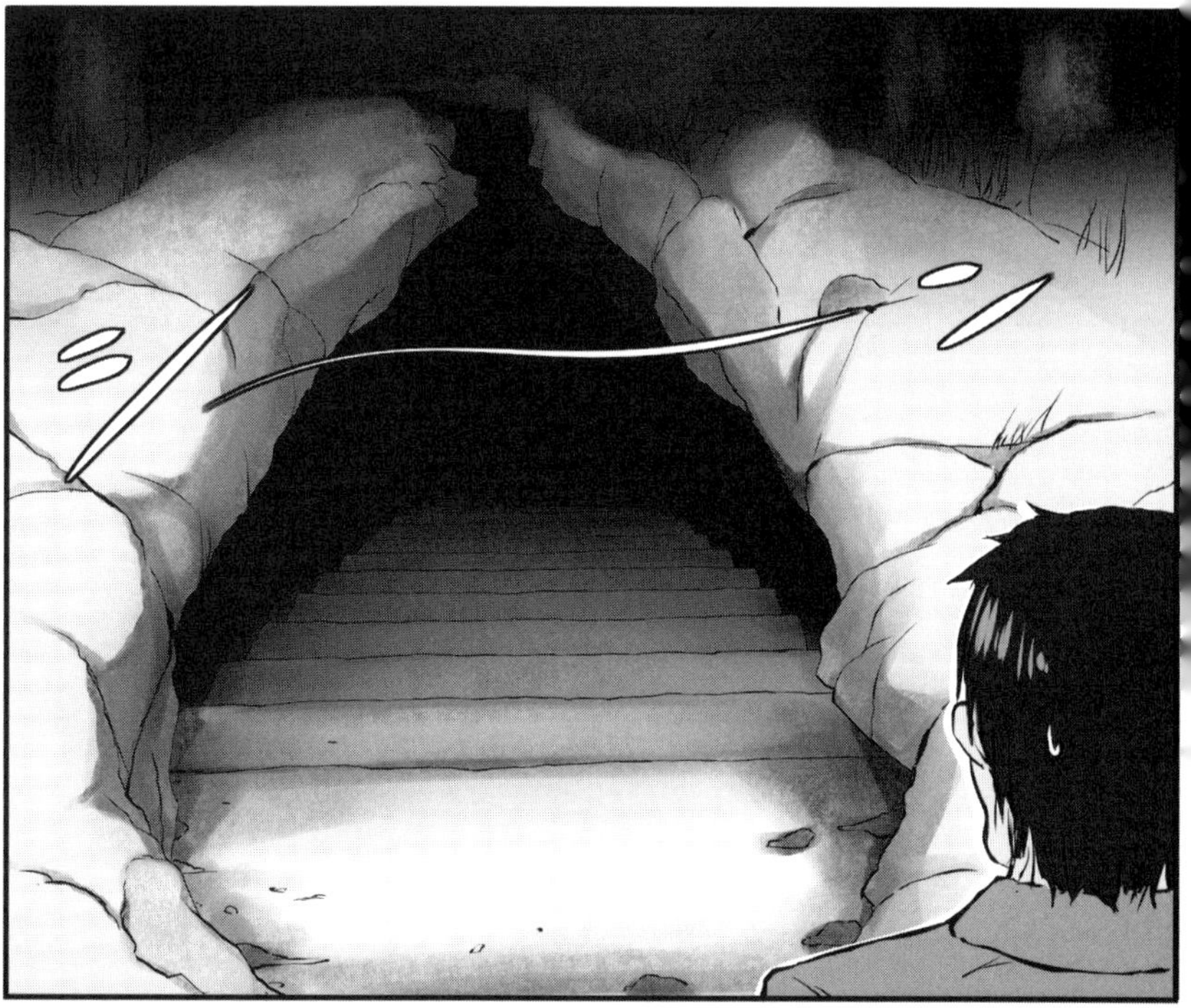

をする。

結果はアルクが総合一位。

二位であるリックは特に実技や訓練において凄まじい成績を残しているが、いかんせん武器を使っての項目が致命的だった。大砲の実射訓練で砲弾が真後ろに飛んでいったときは、むしろ才能なのではないかと戦慄したＡクラス一同とペディック教官である。

（……だめだな。一先ずの結果が出たとはいえ、気を緩めては）

心の中で兜の緒を締め直し、再び訓練に集中しようとするアルク。

だが、その時。

アルクは異変に気付いた。

（視線……？　誰かがこっちを見ている？）


次の瞬間。


第四運動場を囲むように生い茂る森の中から、五つの影がアルクに跳びかかってきた。

「……っ!?」

アルクはとっさに全身に魔力を循環。身体強化を施し、素早く後ろに跳び去る。

ギリギリの所で不意打ちを回避したアルクは、襲撃者の姿を観察する。

つま先から顔まで全身を黒い鎧で覆った者たちである。

（こいつら、何者だ……？）

そんなことを考えている間に、五人の内の一人がアルクに向かって突進してきた。

「速い!!」

昨日戦った王族警備部隊の『瞬脚』には遠く及ばないが、十分に素人の域を超えている。

おそらくは、二等騎士のレベルに達している動きである。

「だが……」

アルクは訓練用の刃の研がれていない剣を構え迎え撃つ。

「相手が悪かったな!!」

アルクは昨日、奇跡的とはいえ一等騎士を破った人間である。実力では確実にアルクが上だ。

敵の攻撃を懐に潜り込んでかいくぐると、基礎三型の一つ『薙ぎ払い』を叩きこむ。

洗練された動きと、強化されたアルクの身体能力によって放たれた一撃は、黒い鎧の上からでも、襲撃者の体に凄まじい衝撃を与えた。

「ごっは……」

悶絶しその場に倒れる襲撃者。

アルクは倒れ伏した敵の剣を拾い上げる。

（……なんだ？　何か違和感が）

アルクがそんなことを考えた隙に、今度は残った四人の黒い鎧の男たちが一斉に襲い掛かってきた。

次々に繰り出される攻撃を何とかかわすアルク。

この四人もやはり、二等騎士レベルの実力を持っていた。

本来、一等騎士レベルなら二等騎士四人を倒すのは可能だが、アルクは多対一の経験が全くなかった。加えて、敵が闇に紛れやすい黒い鎧を身に着けているとあっては圧倒的に不利である。

アルクがそんなことを考えたその時。

「おりゃああああああああああああ！」

突如、アルクの背後から大きな影が襲撃者たちの方に跳びかかった。

ガイルである。

訓練用の剣で相手の一人を受け止めた剣ごと弾き飛ばす。

勢いよく地面を転がった襲撃者は、そのまま気を失ったのか動かなくなった。

相も変わらず、驚くべき剛腕(ごうわん)である。

「へっ、俺たちに隠れて一人で修行たあやってくれるなアルク」

「アルクさん、ただ事じゃないみたいですね。この人たち何者なんですか？」

ヘンリーがそう言ってアルクの横に並び立つ。

「さあ、何者なんだろうな」

仮にもここは騎士団(きしだん)の直接管轄(かんかつ)地。お上のお膝元(ひざもと)である。

余程(よほど)の馬鹿(ばか)でもなければ、悪ふざけで忍(しの)び込むようなことはあるまい。

「テロリストの類(たぐい)……いや、学校を占拠(せんきょ)するにしてはあまりにも軽装過ぎる気がしますし」

「はっ、そんなこたあ、ぶっ飛ばしてから考えりゃいいだろ」

ガイルがそう言って、剣を構える。

アルクは頷いた。

「それもそうだな、私とガイルが一人ずつ倒したからすでに敵も三人、こちらと同じ人数だ」

「ぼ、僕(ぼく)が一人分に入ってもいいのか分かりませんけどね」

ヘンリーも若干(じゃっかん)腰が引けつつも剣を構えた。

だが。思わぬ人物が現れることになる。

「いやいや、まさかここまで手間取るとは」

いつものように穏やかそうな笑みをした七十歳近い老人。東方騎士団学校の学校長、クライン・イグノーブルである。

学校長は森の方からゆっくりとアルクたちに向かって歩いてくる。その横には新たに九人の黒い鎧の男を引き連れていた。

「よいですね。非常に優秀だ。それでこそ私の見込んだ商品です」

「……商……品？」

口調こそ普段の学校長と変わらず穏やかである。

しかし、何かが致命的に違っていた。普段自分とチェスを打ち、チェックメイトをされれば困った顔をする老人とは明らかに何かが違うのだ。

「では。当初の予定通りアルク・リグレットを確保してください。下手に傷をつけることは許しませんよ」

学校長のその言葉に、襲撃者たちが一斉に武器を構える。

「おいおいアルク。どうするよ。黒い奴らで動けるのは十二人、こっちは三人か……一人

で三人を相手にしなくちゃならねえとは、ちときついな」

「四人ですガイルさん」

「あ、あれだ。俺の地元じゃこういう数え方をするんだよ!!」

「それは、なんと言うか文明レベルを疑いますね……」

ドルムント領に対する熱い風評被害(ひがい)である。

しかし、本当にどうにもならない状況であった。敵は一人一人が二等騎士レベルに達するだろうかという戦闘能力の持ち主である。ガイルやアルクは一対一なら勝てるだろうが、いかんせん数に差がありすぎる。

一方アルクは、剣を構えることも忘れてその場に立(た)ち尽くしていた。

「学校長。アナタは……」

「おい、アルク!! しっかりしろ。ボーっとしてたらやられ」

ガイルがみなまで言い終わる前に、十二人の襲撃者たちが一斉に動き出そうとした。

その時。

「おい、貴様ら!! そこで、何をやっている」

夜間の見回りに来ていたペディック教官であった。

ペディック教官はアルクに聞く。

「夜間外出許可を出したとはいえ、あまりにも帰りが遅いから来てみれば。これはいったいどういう状況だ？」

「ああ、ペディック君ですか」

「が、学校長⁉　本部に戻られたはずでは⁉」

「まあいいでしょう、君にもいずれ教えることでしたがね」

その時、ヘンリーはあることに気づいた。

「……え？」

なんだこれは？

いや、あり得ないだろう。

そう思いつつもヘンリーは言う。

「あの……そこで倒れてるのＤクラスのグランツ教官じゃないですか？」

「……なに？」

ガイルは先ほど自分が倒した襲撃者を見る。

地面に倒れ、全身を覆う黒い鎧の頭部だけが取れていた。

その兜の下から出てきたのは、確かに集会や廊下等で何度も見たＤクラスの担当教官の顔である。

ガイルは困惑した様子で言う。

「おいおい、何がどうなってんだ？」

学校長が小さく右手をあげて指示を出すと、黒い鎧の襲撃者たちが兜を取った。

そして兜の下から現れたのは教官たち。それも皆、伝統派と呼ばれる学校を牛耳る貴族上がりの教官たちである。

学校長は言う。

「なに、別に大したことではないですよ。ペディック教官。私とここにいる伝統派の職員たちは協力関係にあってね。普段職員たちの横領や賭博の主催という、ちょっとした悪戯を見逃す代わりに、時々こうして私の副業にも協力してもらっているわけです」

穏やかな口調は変わらないが、その口元は愉悦に歪んでいた。

「今回は十年前の大貴族の跡継ぎの始末以来の、人身売買という大きな仕事でしてね。こうして大がかりな作業になってるわけです」

十年前と言えば、『地下特化訓練』の最中に死者が出たという年である。つまり、十年前の事故はそういうことだったのだ。

「ペディック教官はまだ若いが立派な伝統派の一員だ。いずれは、声をかけるつもりでしたよ」

「そ、それは……」

ペディック教官は唖然（あぜん）としたまま、学校長の話を聞く。

「なーに、予算の流用など、どこの機関でもやってます。ウチは少々多いですがね。特別手当みたいなものだと思ってくれればいいです。それに、我々の仲間に加われば、いずれは騎士団学校の高級士官コースの教官職をお約束できますよ」

「それは……」

学校長が人間と死後の魂（たましい）を貰（もら）う契約（けいやく）を交（か）わす悪魔（あくま）のように、ニヤリと笑った。

が、しかし。

「それはダメでしょうがあああああああああああああああああああああああああああああ!!」

「なに……？」

眉（まゆ）を顰（ひそ）める学校長。

ペディックはまさに伝統派とも言うべき人間である。世間を知らず、現場を知らず、虚栄心と嗜虐心に満ち、倫理と良心に欠け、強欲でプライドが高い。甘い汁をちらつかせれば、容易くしっぽを振るだろう。

学校長はそう考えていた。

だが、根本的なところでペディック二等騎士のことを見誤っていたのである。

簡単に言うとペディックは超の付く馬鹿で世間知らずだった。

生徒にキツイ訓練を課して楽しむ嗜虐心はもちろんあったとはいえ、自分のやっていることは厳しい教育であり正しい行いだと思い込んでいた。なぜなら自分が新入団員だった頃の教官たちは皆そうだったから、そういうものなのだろうと思っている。特別強化対象についても、学校の威信や適性の無い生徒を諦めさせるため。という皆が会議で口にする建前を本気で信じていたのである。

ペディックにとっては、教官とはそういうものであり。教育とはそういうものなのだ。

だが、目の前の行為は単なる誘拐と奴隷売買である。

誘拐と奴隷売買は教育だろうか？

否。

無い。それはさすがにあり得ない。いくら馬鹿でもそれくらいは分かる。

学校長の提示した甘い汁など、ペディックは聞いてすらいない。無駄に建前を信じ込む馬鹿正直さが自分は教育者であるという矜持を生み、学校長の誘いを拒絶したのだ。

「だあああああああああああ!!」

ペディックは背中に担いでいた斧を引き抜き、黒い鎧の騎士たちに突進する。

大きく振りかぶり横に一閃。

ドゴオオオオ!!

と轟音が鳴り響き、黒い鎧の騎士を三人まとめて吹き飛ばした。

「つ、強い……メチャクチャ強いじゃないですかペディック教官」

唖然とするヘンリー。

「むしろなんでまだ、二等騎士なんだ……」

ガイルも開いた口が塞がらないようである。

「それは、あれだ。昇級試験の日はいつも調子が悪くてな」

ペディックは言葉に詰まりながらもそう言った。

実は筆記が壊滅的だからとは生徒には言えない。教官とはそういうものだ。

ちなみに、余談ではあるが学生の深夜外出は原則教官の許可と戻ってきた確認がいるため、教官の誰かが起きて待機していなければならない。５０４班の連日の夜間自主訓練で毎回その役割を担ってくれたのはペディックである。

ペディックはどこまでも馬鹿正直に教官なのである。

「くっ、全員で囲め」

他の伝統派の教官たちは後輩であるペディックを学生時代から見ていたので覚えている。

筆記の悪さで同期のシュライバーに首席は譲ったが、この男は入学から卒業までの模擬戦を全て一撃で勝利するという記録を作っているのだ。

そして、ここでさらに頼もしい味方が登場する。

「おいおい、ずいぶんと物騒なことになってるね君たち」

朝方王都での任務から戻り、夜の巡回をしていた第一警備部隊隊長、シルヴィスター・エルセルニアである。

シルヴィスターは剣を抜くと、流れるような動きでペディックを取り囲んでいた伝統派の教官の一人に切りかかる。

素早く、そして無駄がない。

実戦により磨かれた剣である。

「があ!!」

「おのれえ!!」

数人で襲い掛かる伝統派の教官たち。

「強化魔法(まほう)『瞬脚』」

シルヴィスターは『瞬脚』を用いて大きく後退して、相手との距離(きょり)を取った。

そして、右手を相手に向ける。

「煉獄(れんごく)の炎(ほのお)、その熱を以(も)って、森羅万象灰燼(しんらばんしょうかいじん)に帰せよ。第三界級魔法『フレイム・イリミネート』!!」

シルヴィスターの右手から炎の玉が放たれた。

炎は地面に着弾(ちゃくだん)すると大爆発(だいばくはつ)を起こし、近くにいた伝統派の教官たちを吹き飛ばす。

「す、すごい威力(いりょく)の界級魔法だ。騎士なのに魔導士にも引けを取らないぞ……」

ヘンリーは戦慄しながらそう言った。ワイト主任教官もアルクを倒すのに界級魔法を使ったが、明らかに威力のレベルが違う。

「市街戦の多い騎士は強化魔法を重視する。まあ、常識だし基本だと思うけど、実戦はそれだけでなんとかなるほど単純じゃないよ。周りに何もないところで戦う時もあるし、多少の被害には目をつぶってでも遠距離(えんきょり)から広範囲攻撃(こうはんいこうげき)をしたほうがいいこともある。一流の騎士は一部の超特化型を除いて界級魔法もそれなりに使えるさ。模擬戦のプロフェッショナルである伝統派の教官どのたちは、強化魔法以外ロクに使えない人が多いみたいだけどね」

シルヴィスターはウィンクをしながらそう言った。

「さて、ペディック教官。正直いけ好かなかった伝統派の教官たちが、そろいもそろってテロリストみたいな恰好をしてるわけだけど」

シルヴィスターはペディックの横に並び立つ。

「違うな。奴らはもう教官ではない。ただの誘拐犯だ」

「ほうほう、それはそれは第一警備部隊隊長として是非とも事情聴取せねばいけないね」

「部署は違うが協力しよう。感謝状はいらんぞ。訓練ではあえて危険にも晒すが、生徒を守るのは教官の義務だ」

ペディックとシルヴィスターの二人は圧倒的であった。

当然と言えば当然だろう。片や数こそ多いが模擬戦ばかりで実戦経験に乏しい二等騎士の伝統派の教官たち。片やその模擬戦で学生時代から無敗の男と、騎士団の中でもガチガチの武闘派が集う第一警備部隊の隊長である。

もはや、アルクたちの出る幕などなかった。縦横無尽に動き回り伝統派の教官たちをねじ伏せていく。

大勢は決したように見えた、その時だった。

「はあ……」

溜息と共に、学校長が一歩前に出る。

「なんとも情けない。君たちは下がっていなさい」

その言葉を聞いて、伝統派の教官たちは一斉に後退した。

次の瞬間。

「がはっ!!」

アルクの体がくの字に折れ曲がり、意識を失ってその場に崩れ落ちた。

「「「「なっ!?」」」」

驚愕する一同。

ヘンリーやガイルだけではない、シルヴィスターやペディックの目ですら学校長の動きを捉えることはできなかったのである。

「さて商品は一先ず動けなくしましたし。後は……商品にたかる小うるさいハエを始末しますか」

学校長が四人の方を見る。

老人の全身から強烈な殺気が放たれた。

「あ、ああ……」

誰よりも弱いゆえに、誰よりもそういったものに敏感なヘンリーは、一瞬にして全てを悟った。

あれは……とてつもなく恐ろしいものだ!!

「み……皆さん!!　ダメです!!　逃げないと!!!」

「何言ってんだヘンリー!?　確かにヤバそうだけどよ。アルクを置いて逃げるなんてできねえだろ」

ガイルがそう言った。

ペディックとシルヴィスターも逃げようとしない。

「そ、そうだけど。確かにガイルの言う通りだけど……」

でも、そうは言っても、アレは……

そんなヘンリーに学校長が言う。

「どうしました?　私が怖いですか?」

学校長の双眸から今度は直接ヘンリーに殺気が向けられる。

つま先から脳髄まで、ヘンリーの全身を恐怖が支配する。

そして。

「……っ、うああああああああああああ!!」

ヘンリーは背を向けて逃げ出した。

「ふん、くだらない。まあ、賢明な少年と言ってもいいかもしれませんが」

「おい！　ヘンリー!!」

シルヴィスターはガイルの肩を叩いて言う。

「責めてやるなよ。それよりも、目の前の敵だ」

「お、おう！」

まず、最初に仕掛けたのはペディックだった。

「はあああああああ！」

斧を振りかぶっての一閃。

二等騎士をまとめて吹っ飛ばす剛力である。

しかし。

学校長は難なく素手で受け止めてしまった。

「なっ!!」

そして、学校長が小さく呟く。

「固有スキル……」

その瞬間。

「!?」

ペディックがなんの脈絡もなくいきなり体勢を崩して転倒した。

学校長は地面に倒れこんだペディックを、無造作に蹴り飛ばす。

「がはぁ!!」

一蹴りでペディックの大柄な体が20m近く吹っ飛ぶ。

「くっ、何かは分からないがどうやら接近戦はマズいみたいだ。強化魔法『瞬脚』」

シルヴィスターが後ろに跳んで距離を取ろうとする。

しかし。

「遅いですねえ」

学校長は一瞬でシルヴィスターとの距離を詰めた。

あまりにも加速力の桁が違う。

シルヴィスターは剣で迎撃しようと試みるが、学校長の振った剣がシルヴィスターに到達する方が早かった。

袈裟に斬りつけられて大量の血が噴き出す。幸い腰から上が斬り飛ばされることにはな

らなかったが、シルヴィスターはその場に倒れた。

「くそおおおおおおおお!!」

近くにいたガイルは、シルヴィスターに攻撃した隙を狙って切りかかる。

しかし、その瞬間。ガイルは不思議な感覚を覚えた。

まるで氷の上でも走ったかのように、靴底がなんの抵抗も無く地面の上を滑ったのだ。

「なっ!!」

そのガイルに向かって学校長が横薙ぎに剣を繰り出す。

咄嗟に自分の持つ剣で受け止めようとするガイル。

が、再び奇妙なことが起こった。訓練用とはいえ一応は質のいい鉄でできているはずのガイルの剣が、なんの抵抗も無く学校長の剣に切り裂かれたのだ。

「がはっ!!」

肩から縦一直線に斬り裂かれたガイルはその場に膝をつく。シルヴィスターと同じく、体が生き別れることはなかったが、それでも傷は浅くない。

「く、クソ……学校長の野郎、どうなってんだこの強さは……」

ガイルは息も絶え絶えになりながらそう言った。

打ち合ってみて感じたのは、圧倒的すぎるほどの力の開きである。そう、それこそリックと対峙したときに感じるような……

　学校長は地に伏したガイルたちを見下ろしながら言う。

「ふふ、特等騎士の私に勝てると思ったのですか？」

　その言葉に、ガイルたちは驚愕し目を見開いた。

「なん……だと⁉」

「王器十三円卓第五席、クライン・ガレス・イグノーブルです。これでも先の帝国との大戦では一騎当千と言われてもいい活躍したのですよ？」

　ガイルたちは言葉が出なかった。

　自分たちの目の前にいる相手が王国の決戦兵器と呼ばれる化け物であるという事実を、脳が受け入れることを拒否しているかのようだった。だが、いかに現実逃避をしようとしても、ガイルはおろかシルヴィスターやペディックも一瞬でねじ伏せられてしまった事実は変わらない。

「まあ、大戦もずいぶん昔ですし『秘匿番号』の一人なのでアナタたちが知らなくて当然ではありますが。さて……」

　学校長は気絶しているアルクを担ぎ上げる。

「予定通り、さっさとこれを本部へ持って帰って受け渡しの準備をしますか。では、伝統派の皆さん。さっきのガキを追いかけて始末しておきなさい。そこの残りカスたちも含めてね」

そう言って学校長はその場から去っていった。

そして伝統派の教官たちの数人が、ヘンリーが逃げていった方に走っていく。

「ま、待て……っ!!」

ガイル、ペディック、シルヴィスターの三人はなんとか立ち上がるが、いかんせん学校長に負わされたダメージが大きすぎる。特にペディックとシルヴィスターはダメージが酷く放っておくと命に係わるレベルである。

そんな三人にその場に残った伝統派の教官たちは容赦なく襲い掛かった。

□□□

しばらくの間はなんとか善戦していたガイルたちだったが、まず最初にシルヴィスターが意識を失って倒れた。明らかな出血多量である。

続いてペディック。学校長の強烈な蹴りを食らっており、骨や内臓が滅茶苦茶な状態だった。むしろ、その状態でしばらく戦えたのが驚異的である。

残ったガイルも、とうとう膝をついた。

「はあ、はあ、くそっ……騎士団学校来てから思い通りにならねえことばっかだぜ……」

ドルムント領で裏路地の支配者を気取っていた自分は、中々に見事な井の中の蛙だったものだ。

「ただまあ、偉そうにして鬱陶しかった教官どもにこうやってたてついてやれたのは悪くねえな」

伝統派の教官の一人が、ガイルに切りかかる。

「クソ、すまねえな。なんとか自力で逃げだしてくれアルク、無事でいやがれよヘンリー……」

その時。

ドサア、と何かが上空から降ってきた。

突然の出来事に、その場の全員が動きを止めて飛来物を見る。

そして、全員がどういうことだと口を開けてポカンとしてしまう。

なんと、空から降ってきたのは先ほどヘンリーを追いかけた、伝統派の教官たちであった。

「はあ、なんだったんだろコイツら。さっきスゲー勢いで走ってるヘンリーとすれ違ったたと思ったら、いきなり現れて襲い掛かってきて……」

その男は、頭をポリポリと掻きながら現れた。

「ダンジョンの方も何もなかったし……ってあれ？　ガイル何やってんの？」

本日の昼からダンジョンに潜っていたはずの、リック・グラディアートルである。

□□□

「ば……化け物だ!!」

ダンジョンの入り口を監視していた教官はガタガタと震えていた。

その手には十個の魔力結晶。そう、あの特別強化対象は一等騎士でさえ半年はかかると言われているダンジョンをたった半日で攻略してしまったのである。

恐る恐るダンジョン内をのぞき込んでみる。

もはやそれはダンジョンでは無くなっていた。モンスターの死骸がそれこそ山のように転がっており、ダンジョンの壁が根こそぎ破壊され、単なる広々とした一つの空間になっていたのである。

「ハハハハ……」

教官はヘナヘナとその場にへたり込んだ。

□□□

「……んーと、とりあえず倒しちゃったけど」

突如現れた中年の男と、伝統派の教官たちの戦いは数秒すらかからずに終わってしまっていた。

伝統派の教官たちが一斉にリックに切りかかったと思ったら、ガイルが瞬きをして目を開けたときには、全員が砲弾のような速度で四方八方に吹っ飛んでいたのである。

ガイルは言葉がなかった。何度目の当たりにしても、信じがたい戦闘能力である。

「しかし、こりゃ……何があったんだ？」

リックはそう言って首を傾げた。

「聞いて……ください、リックの兄貴……アルクのやつが……」

さすがに限界が来ていたのだろう、ガイルはそこまで言ったところで意識を失った。

□□□

リックが追っ手を叩きのめしたおかげで逃げ切ったヘンリー・フォルストフィアは、504号室で頭まで布団を被ってうずくまっていた。

「……逃げた……また僕は……アルクさんを見捨てて……」

思い出すのは家族のことであった。

生まれつき体の強くなかった末っ子のヘンリー。

一方、兄も姉も活動的だった。

ヘンリーは小さいころ、兄と姉に外に連れ出されて遊んだ。

しかし、広い敷地を領民の子供たちと所狭しと駆け回る二人に、全くついていくことができない。

何度も転び、何度もぶつかり、何度も泣いた。

そして、二人はそんなヘンリーにこう言うのだった。

『無理はしなくていいよ。ヘンリーは体が弱いんだから』

ああ、全くだ。こんなひ弱な人間なんだ。仕方ない。

リックには両親に無理やり騎士団を受験させられたなどと言ったが、本当は自分が強く拒否をすれば両親は自分に入団試験を受けに行かせるようなことはないのを分かっていた。

フォルストフィアの人々は、どこまでも末っ子に「優しかった」。

ガラガラと、５０４号室が開く音がする。

入ってきたのはリックであった。

「……リックさん」

「ガイルたちはとりあえず医務室に運んで治療してもらってるが、おい、ヘンリーいったい何があったんだ？」

そう尋ねてきたリックに対して、ヘンリーは今夜のことを話した。

突如、アルクを襲ってきたクライン学校長と伝統派の教官たちの真の目的。初めからアルクの弟を助ける気など無かったということ。

リックは黙って話を聞いていたが、次第に眉間にしわが寄っていった。指導を通してアルクの努力する姿を誰よりも見てきたリックである。その思いを踏みにじったクライン学校長たちに対する、強い怒りが内側に湧き上がっているのが分かった。

そんなリックにヘンリーは全てを話す。

自分が真っ先に逃げ出したことも……。

そして、一通り話し終わった後、ヘンリーは自然とその言葉を口にした。

「仕方ない……僕は悪くない……」

自己弁護の言葉である。

「あそこに僕がいても何もできるわけがないですから……馬鹿馬鹿しい。何をやってたんだろう今まで……強い皆の熱に乗せられて、僕まで強くなった気になって……意味ないんだよ……そんなことしても……」

自分で耳を塞ぎたくなるような、本当は言いたくもないはずの言葉が次々に自分の口からあふれ出てくる。

「僕は生まれつき体が弱くて、気が弱くて、意志が弱くて、ずっと本ばっかり読んで、父さんや母さんや兄さんや姉さんやガイルさんや……リックさんみたいに強くないから。だから、あそこで逃げたとしても僕は悪くない……」

リックは黙って聞いていたが一度頷いた後、口を開いた。

「そうか。なあ……」

ああ、いいさ。

なんとでも言えばいい。弱虫でも意気地なしでも言い訳野郎でも、なんとでも罵ればいい。

僕は生まれつき体が弱くて、気が弱くて、意志が弱くて……

「悔しかったな、ヘンリー」

「……え？」

「ほんとはアルクを守るために戦いたかったよな。逃げ出したくなんかなかっただろ」

そう言って、リックはヘンリーのベッドの前にしゃがみ込んだ。

「もし、自分が学校長たちと戦えるくらい強かったら、絶対に助けようとするのにな」

何を言ってるのだろうか、この人は。こんなに強い人が。

「……リックさんには分からないですよ」

「分かるよ。俺も、自分の力に自信が持てなくて、ずっと踏み出せなかった人間だから。一歩踏み出すのに三十年もかかった臆病者だからな。悔しかったよ、俺もずっとずっとな、自分が嫌いだった」

ヘンリーの目頭が熱くなった。

「ぐっ……」

手に爪が食い込んで血を流すほどに強く握りしめて言う。

「悔しい……弱くて臆病で根性の無い自分が、情けなくて……動き出せないことが……悔しい……」

「うん。そうだな……男の子だもんな悔しいさ」

リックはヘンリーの頭を一度撫でると、立ち上がった。

「さて、行くか」

「……どこへ？」

「決まってるだろ。アルクを助けに行く」

相手はクライン学校長。東方騎士団の本部長でもある男だ。

つまり、東方騎士団のトップでもあり、それを相手にするということは東方騎士団そのものを相手にするのと同義である。

だが、リックは当然のようにそう言ってのけた。

ヘンリーはやっぱりすごいなこの人はと驚愕する。そうして同時にこうも思う。

そうだ僕は弱いから。リックさんみたいに強い人に任せておけばそれでいい。

それしか……。

そんなヘンリーの胸中を察してか、リックは言う。

「大丈夫だよ。ヘンリーはいつか立ち向かえる」

その無責任な言葉に、再びヘンリーの内から黒い熱が湧き上がった。

「……何を……そんなこと……何を根拠に!!」

「だって、泣いてるだろ？」

「え？」

「悔しくて泣いてるだろ」

リックはヘンリーの方に振り向く。

視線が合う。

「その気持ちを忘れなければ、きっといつか踏み出せるさ」

リックの目には一切の淀みは無かった。薄っぺらな慰めでもない。ただ、自分の信じるものを真っすぐに伝える人間の目だった。

□□□

『オリハルコン・フィスト』のメンバーたちが、旧校舎の空き教室に集まっていた。

メイド服のリーネット、高級士官コースの制服を着たブロストン、整備部隊の制服を着たミゼット、そして、なぜか予定からずいぶん遅れて本日到着したアリスレートである。

「……アリスレートよ。お前今までいったい何をやっておったのだ?」

「せやで、ちょうど今日来るなんて。二ヶ月前には着いとるはずやったろ」

ブロストンとミゼットの質問にアリスレートは食堂から拝借してきたローストハムを頬

張りながら答える。

「えーとねー。馬車のおじさんと色々なところに行ってた。なんか、途中で何度も盗賊さんたちに襲われてねー。何回目かで荷物とられちゃったから盗賊さんたちの家にお邪魔して返してもらってきたりして、うん、色々寄り道もしたし楽しかったよ‼」

「そ、それは何よりやな……」

ミゼットはその馬車のおじさんと盗賊さんたちに合掌した。

まあ、それはさておき。と、ミゼットは前置きして言う。

「結局、東方騎士団学校全域を捜索しても『六宝玉』は見つからなかった。となると何者かによって外部に持ち出された可能性が高いっちゅうことやな」

リーネットは言う。

「はい。とはいえ、常に可視化するほどの高純度の魔力を放つ代物。そうそうあちこちに持ち出せるようなものではないはずです。ミーア・アリシエイト・レストロア侯爵に騎士団学校への人や物の流れは、目を光らせてもらっていますから、なんらかの方法でその目をかいくぐったことになりますね」

「うむ。だがまあ、まずは今一度活動期に入った『紅華』の共鳴を使った探査で、『六宝玉』の位置を再度探索しないとな。ミゼット、頼んだぞ」

「はいな」

ミゼットは魔力複写紙の上に乗せた『紅華』に魔力を注ぎ込む。

「十六方位の風、天地人の水、未来と現在と過去の光、放浪(ほうろう)する我らの行く末に先達の一筆を賜(たまわ)らん」

百日間に一度の活性化状態にある『六宝玉』は、性質の近い他(ほか)の『六宝玉』の場所を示す。

「第六界綴魔法『アース・マッピング』」

複写紙の上に地図が描(えが)き出されていく。それは前回探索したここ、東方騎士団学校とは違(ちが)っていた。

「ふむ。これは……」

それを見てブロストンが唸(うな)る。

その時。

ガラガラと教室のドアが開いた。

リック・グラディアートルである。

「リック様ですか。ちょうどいいところに……」

リーネットは言いかけて、リックの表情を見て言葉を止めた。

「リック様。何かありました？」

察しのいいリーネットにリックは頷く。

ブロストンはふむ、と一度頷いて言う。

「まあ、全員一先ずこれを見てくれ」

五人は魔力複写紙を覗き込む。

それを見て、リックは目を丸くした。

「……東方騎士団『本部』ですか」

「うむ、王国東部の警察警備軍事の総本山といったところだな」

「へえ、こりゃまたえらいところに移動したもんやなあ」

「周りをグルーっと、囲んでるのはおっきな壁かなー」

それぞれ反応を示す『オリハルコン・フィスト』のメンバーたち。

そんな彼らに対して、リックは言う。

「……皆さん。前に『アース・マッピング』使ったときのこと覚えてますか？」

「ん？　なんや急にリック君。そりゃあ確か、アリスレートが魔力を込めようとしてワイが止めて。その後、東方騎士団学校にあるってことが分かって……」

リックはニヤリと笑って言う。

「先輩方。取っておいた最後の手段、使いましょう」

リックのその言葉を聞いて、リーネットを除く三人も心底楽しそうにニヤリと笑った。

（第5巻終わり）

あとがき

岸馬「今回は剣を叩き折ってるリックでどうですか?」
H編集「了解です」

というわけで、男率100%の表紙にもはや制作陣の誰もツッコまなくなった新米オッサン冒険者五巻です。次の巻は騎士団学校編の続きと、ガッツリ読み応えのあるオリジナルエピソードでお届けするつもりです。お楽しみに。

表紙の話に戻りますが、岸馬がコレを書いている前日にコミックス版『新米オッサン冒険者』の一巻が発売されました。まだ一日ですがなかなか売れ行きは好調のようでありがたい話です。

ちょっと今、デスクの上に置いてある単行本の献本(作者に送られてくる見本)を手にとって表紙を見てみたのですが……。

……ヒロインの面積が50％を超えている、だと⁉

驚くことにコミカライズ版の方は、我らがメインヒロイン、リーネットがデカデカと書かれているのです。

次に原作の方の単行本も手元にあったので手にとって表紙を見てみました。


……オスしかいねえ。


コレは一体どういうことなのでしょうか。普通に考えればコミックスよりラノベのほうが表紙の女の子の肌色が多い傾向にあるはずなのに、完全に逆転してしまっています。つか攻めすぎだろこの表紙。チャン◯オン辺りの格闘マンガじゃないか。俺は好きだけど、よく売れたなおい。

と改めて思った今日このごろです。

それでは、皆さんまた次の巻でお会いしましょう。

Anytime I can!
いつでも自宅に帰れる俺は、異世界で行商人をはじめました
霜月緋色 著
Hiiro shimotsuki
ill. いわさきたかし
第2巻、今夏発売予定…!!
「小説家になろう」
四半期
第1位
異世界転生・転移ファンタジー部門
(2019年8月19日時点)
らくらく
異世界生活!!

コミカライズも近日連載開始!
漫画：明地雫　原作：霜月緋色　キャラクター原案：いわさきたかし
万能スキル
《等価交換》で

コミカライズも連載中の
スナイパー英雄譚！
漫画：瀬菜モナコ
原作：かたなかじ　キャラクター原案：赤井てら
著／かたなかじ
イラスト／赤井てら

発売予定!!

魔眼と弾丸を使って
異世界をぶち抜く!
第8巻 2020年夏

HJ NOVELS
HJN36-05

新米オッサン冒険者、最強パーティに死ぬほど鍛えられて無敵になる。5

2020年6月22日　初版発行

著者——岸馬きらく

発行者—松下大介
発行所—株式会社ホビージャパン
〒151-0053
東京都渋谷区代々木2-15-8
電話　03(5304)7604（編集）
03(5304)9112（営業）

印刷所——大日本印刷株式会社

装丁——下元亮司(DRILL)／株式会社エストール

Printed in Japan

ISBN978-4-7986-2236-1　C0076

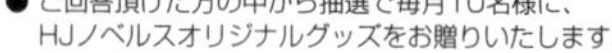